# अल्प विराम

# अल्प विराम

## संजय कुमार

Sarvatra

An imprint of Manjul Publishing House

## Sarvatra
An imprint of Manjul Publishing House

◆ द्वितीय तल, उषा प्रीत कॉम्प्लेक्स,
42 मालवीय नगर, भोपाल-462 003
◆ 7 / 32, अंसारी रोड, दरियागंज, नई दिल्ली-110 002
वेबसाइट : www.manjulindia.com

यह संस्करण 2020 में पहली बार प्रकाशित

*अल्प विराम*
कॉपीराइट © संजय कुमार, 2020

**ISBN 978-93-90085-57-6**

मुद्रण व जिल्दसाज़ी : रेप्लिका प्रेस प्राइवेट लिमिटेड

संजय कुमार इस पुस्तक के
लेखक होने की नैतिक ज़िम्मेदारी वहन करते हैं

# अल्प विराम

# 1

शाम का वक़्त है, धनंजय अपने होटल लौट रहा है। उसके साथ बाल सखा केशव भी है। वो दोनों पिछले एक सप्ताह से देश के इस कम मशहूर हिल स्टेशन पर छुट्टियाँ बिता रहे हैं। धनंजय को इस तरह के अवकाश पसंद हैं। काम-काज की गहमा-गहमी और हर वक़्त महल में चलती राजनीति से दूर ये पल उसके लिए सुकून के होते हैं। केशव हमेशा की तरह उसके साथ आने को तैयार रहता है। इस बार भी पहाड़ों पर उन दोनों ने लंबी ट्रेकिंग का मज़ा लिया है। अब उनका इरादा यहाँ से धर्मशाला जाने का है, जहाँ की बौद्ध मोनेस्ट्री केशव को हमेशा से आकर्षित करती रही है।

होटल की लॉबी में कार के रुकने के बाद, केशव रिसेप्शन की ओर रूम की चाबी लेने के लिए गया। रिसेप्शन पर इस छोटे से होटल की मैनेजर मिस लीला जैसे उनका ही इंतज़ार कर रही थी। वह तेज़ी से आगे आई।

- आपके लिए अर्जेन्ट कॉल है, मिस्टर धनंजय। यह सुनकर लिफ़्ट की ओर बढ़ता धनंजय रुक गया।

- किसका? उसने वापस आते हुए पूछा।

- आपकी माँ का, बहुत देर से कोशिश कर रही है बात करने की। आप दोनों के सेलफ़ोन भी बंद थे। लीला ने नज़दीक आते हुए कहा।

- अच्छा, रूम में ट्रांसफ़र कर देना, हम पहुँच रहे हैं। इतना कहते हुए धनंजय लिफ़्ट में आ गया। केशव पहले से ही उसका इंतज़ार कर रहा था। उसने केशव को देखा और कहा।

- अम्माँ का फ़ोन, अचानक क्या हो गया? केशव ने कंधे उचका दिए, जैसे कह रहा हो मुझे कैसे पता हो सकता है।

रूम में पहुँचते ही केशव वॉशरूम में घुस गया। यह इस होटल का सबसे अच्छा लग्ज़री सूट है। जिसमें एक फ़्लैट में हो सकने वाली लगभग

सारी सुविधाएँ मौजूद हैं। धनंजय बेड पर अधलेटा सा बैठ गया। फिर रिसेप्शन पर फ़ोन लगा कर उसने अम्माँ से बात कराने को कहा। कुछ देर बाद फ़ोन-लाइन पर अम्माँ आईं। उसने अभिवादन किया।

- चरण स्पर्श अम्माँ।

- ख़ूब, खुश रहो। अम्माँ ने हमेशा की तरह आशीर्वाद दिया, फिर कहा।

- धनंजय जल्दी लौट आइए।

- क्यों? उसने जिज्ञासा जाहिर की।

- यहाँ बड़ी राजनीतिक उथल-पुथल शुरू हो गई है। कम-बैक इमीजिएटली। अम्माँ थोड़ा तेज़ी से बोल रही थीं।

- पर हुआ क्या है?

- आप तुरंत लौट आइए। मिलने पर बताएँगे। और लाइन डिसकनेक्ट हो गई। वो सोच में पड़ गया कि ऐसी क्या इमरजेंसी आ गई जो तुरंत बुलाया जा रहा है।

इसी समय केशव वॉशरूम से लौट आया। उसे विचारों में खोया हुआ देखकर पूछा।

- क्या ख़बर है भाई! क्यों फ़ोन आया था, अम्माँ जी का।

- कुछ बड़ी राजनीतिक उथल-पुथल हो रही है अपने प्रदेश में। तुम पता करो। मैं तब तक तैयार होकर आता हूँ। इतना कहते हुए वह उठा और वॉशरूम की ओर बढ़ गया।

कुछ देर बाद जब वह तैयार होकर बाहर आया तो देखा कि केशव भी तैयार बैठा है। इस समय वह अपने सेलफ़ोन में कुछ सर्च कर रहा है। उसने पूछा - कुछ पता चला?

- हाँ, सब कुछ। केशव ने ख़ुश होते हुए कहा।

- क्या? उसने उत्सुकता व्यक्त की।

- मामला थोड़ा सीरियस है भाई। मुख्यमंत्री का एक वीडियो वायरल हो गया है। उसने रहस्य को थोड़ा सा खोला।

- क्या बात है, पूरी बात बताओ? उसने थोड़ा चिढ़ते हुए कहा।

- भाई, लगता है मुख्यमंत्री हनी ट्रैप में फँस गए हैं। वीडियो में वे

अपनी बेटी की उम्र की लड़की के साथ आपत्तिजनक अवस्था में हैं। उसने राज़ खोला।

धनंजय ने ध्यान से सुनते हुए कहा।

– तो अब इससे क्या सिचुएशन बन रही है?

केशव ने जल्दी-जल्दी कुछ न्यूज वेबसाइट सर्च करते हुए कहा।

– लगता है मुख्यमंत्री की कुर्सी जल्दी ही चली जाएगी। शायद हम पहुँचे तब तक त्यागपत्र भी हो जाए।

– ठीक है। अब चलें। धनंजय ने कहा।

– भाई, वो वीडियो देखना चाहोगे?

– नहीं, अभी नहीं। इतना कहकर वह निकलने लगा।

केशव ने उसे रोककर शरारत से कहा।

– देख लो भाई। अच्छा है, बिना पैसों की फ़िल्म है।

– नहीं यार, परेशान मत करो, अब चलो। वो दोनों रूम से निकल पड़े।

नीचे पहुँचने पर देखा। लॉबी में मिस लीला उनका इंतज़ार कर रही है। उसने केशव को प्रिन्टेड ई-टिकिट पकड़ा दिया। लीला ने उन्हें देखते हुए कहा –

सर! टैक्सी रेडी है। एक घंटे बाद की फ़्लाइट है। धनंजय अब भी विचारों में खोया था। उसने कहा –

ठीक है, थैंक्स लीला। केशव ने माहौल को हल्का करने की कोशिश की।

– भाई, लीला हमको जल्दी से जल्दी भगाने की कोशिश में है।

– नहीं सर, ऐसी बात नहीं है। लीला सफ़ाई देने लगी।

– अरे लीला तुम कहाँ इसकी बात को गंभीरता से ले रही हो। इतना कहते हुए वह आगे बढ़ गया। पोर्च में देखा तो टैक्सी तैयार थी। उनका लगेज रखा जा चुका था। कुछ देर बाद टैक्सी एयरपोर्ट की ओर तेज़ी से बढ़ रही थी।

शाम के इस वक़्त धनंजय और केशव फ़्लाइट में हैं। अब से कोई एक घंटा और दस मिनट बाद वो राजधानी में होंगे। जहाँ उनके लिए एक बड़ा

बवंडर प्रतीक्षा कर रहा है। एयरपोर्ट के रास्ते में धनंजय केशव के मोबाइल पर वायरल हुआ हनी ट्रैप वीडियो देख चुका है। वीडियो में मुख्यमंत्री को स्पष्ट रूप से पहचाना जा सकता है। वह सोच रहा था कि व्यक्ति के पतन की कोई सीमा हो सकती है या नहीं। उसने केशव को देखा वह इस समय भी अपने सेलफ़ोन में उलझा हुआ है। वह लगातार हनी ट्रैप से जुड़े समाचारों को देख रहा है। धनंजय ने कहा –

आख़िर इस उम्र में यह सब करने की क्या ज़रूरत थी?

– दिल से तो अब भी जवान लगता है। देखा नहीं वीडियो में क्या-क्या करतब दिखा रहा है। केशव ने जवाब देते हुए अपनी एक आँख दबा दी।

इसी बीच फ़्लाइट में टेक ऑफ़ की घोषणा होने लगी। केशव ने कहा –

अम्माँ जी का मैसेज है। एयरपोर्ट से सीधे उनके पास पहुँचना है।

– हाँ। उसने कहा, फिर एक पल रुक कर कहा।

– पता नहीं, क्या मामला है?

– यह तो पता नहीं पर मैं कुछ अनुमान लगा सकता हूँ। केशव ने कहा।

– बताओ?

– अम्माँ जी, ज़रूर किसी बड़ी योजना पर काम कर रही हैं। और इस योजना में तुम्हारी महत्त्वपूर्ण भूमिका है। केशव ने अंदाज़ से बताया।

– हाँ, हो सकता है। क्योंकि वैसे तो अम्माँ इतनी व्यस्त रहती हैं अपनी पॉलिटिक्स में। शायद ही कभी इतनी अर्जेन्सी दिखाई हो।

धनंजय ने केशव की बात का समर्थन किया। वह कुर्सी की पुश्त से टिकते हुए अपनी आँखें बंद कर सोने की कोशिश करने लगा।

केशव ने भी इयर प्लग कान में लगा लिए और मोबाइल पर अपनी पसंद के गाने सुनने लगा।

राजधानी के एयरपोर्ट पर जब उनका प्लेन लैंड हुआ उस वक़्त रात के नौ बज चुके हैं। अगले दस से पंद्रह मिनट उन्हें कन्वेयर बेल्ट से अपना लगेज कलेक्ट करने में लगे। एयरपोर्ट के अराइवल के पास ही उनके लिए महल की गाड़ी मर्सीडीज़ शोफ़र के साथ खड़ी है। केशव ने एयरपोर्ट से ही अपने और धनंजय के लिए सैंडविच ले लिए। गाड़ी में बैठते ही उसने धनंजय की ओर सैंडविच बढ़ाते हुए कहा –

- बड़ी भूख लगी है। कुछ खा लो। धनंजय ने उससे सैंडविच ले लिए और सैंडविच को थोड़ा सा काट लिए।

- हाँ, भूख तो लगी है। पर उत्सुकता भी बढ़ती जा रही है।

- बस, थोड़ी देर और फिर सब कुछ सामने होगा। केशव का पूरा ध्यान अब सैंडविच पर है।

धनंजय कार से बाहर देखने लगा। वी.आई.पी. रोड पर झील के किनारे जगमगा रही रोशनियाँ उसे हमेशा से अच्छी लगती रही हैं।

अगले पंद्रह मिनट बाद उसकी गाड़ी महल की चारदीवारी के भीतर चल रही थी। इस महल को उनके पूर्वजों ने कोई दो सौ वर्ष पहले बनवाया था। जिसकी देखभाल आज भी पहले की तरह की जाती है। कोई देखकर यह नहीं कह सकता था कि यह महल इतना पुराना होगा। गाड़ी के पोर्च में पहुँचते ही केशव गाड़ी से उतरा और लगेज निकलवाने लगा। उसने धनंजय की ओर देखते हुए कहा -

तुम, अम्माँ जी से मिलकर देखो। क्या मामला है। मैं सामान रखवाता हूँ। फिर मिलते हैं। धनंजय ने सहमति में सिर हिलाया और आगे बढ़ गया।

अम्माँ का रूम महल के दूसरे फ़्लोर पर है। ग्राउंड फ़्लोर का उपयोग कार्यालय और अन्य ज़रूरी स्टाफ़ के लिए होता है। इस समय धनंजय लिफ़्ट में है। लिफ़्ट से निकलकर बाईं ओर लॉबी में पहले अम्माँ का रूम है। उसने अम्माँ के रूम के दरवाज़े पर धीरे से नॉक किया। फिर रूम से प्रविष्ट हो गया। हमेशा की तरह अम्माँ अपनी चेयर पर बैठी हैं।

धनंजय को देखते ही अम्माँ ने कहा - आइए। इस बीच अम्माँ के पास खड़े उनके विश्वस्त सहयोगी दिगंबर पटवर्धन रूम से बाहर निकल गए। अम्माँ यानी उसकी माँ पर दुनिया के लिए लौह महिला विजयलक्ष्मी प्रताप सिंह, एक राजघराने की गरिमामय महिला। जिन्होंने अपने पति की अचानक मृत्यु के बाद ना केवल उनके साम्राज्य को बनाए रखा बल्कि बढ़ाया भी। औद्योगिक और राजनीतिक दोनों ही क्षेत्रों में उनका दबदबा समान रूप से है। वर्तमान में वे प्रदेश के सत्तारूढ़ दल की एकछत्र नेता हैं। इस समय भी वे श्वेत धवल वस्त्रों में गरिमा की मूर्ति लग रही हैं। नज़दीक पहुँचकर धनंजय ने उनके पैर छुए। अम्माँ उन्हें पास में रखी कुर्सी पर बैठते हुए ममता भरी निगाहों से देखते रहीं। फिर वह बोलीं -

– बेटा, प्रदेश में आए राजनीतिक संकट के बारे में तो पता चल ही गया होगा।

– हाँ, अम्माँ। धनंजय ने संक्षिप्त सा उत्तर दिया। वह अम्माँ से जल्दी ही मुद्दे की बात सुनना चाहता है।

– इस संकट के समय हमने निर्णय लिया है कि अब प्रदेश को युवा नेतृत्व मिले। प्रदेश की बागडोर तुम सँभालोगे। उन्होंने हमेशा की तरह मजबूती से अपना फ़ैसला सुनाया।

– पर, अम्माँ हम कैसे? बिना किसी तैयारी के। धनंजय आश्चर्य से भर कर कह उठा।

– क्यों इसमें क्या और कैसी तैयारी? तुम्हारे रक्त में नेतृत्व है। हमारे पूर्वजों ने बरसों राज किया है। अब तुम्हारी बारी है। अम्माँ ने उसे गर्व से देखते हुए कहा।

– पर अम्माँ, अब राजतंत्र नहीं लोकतंत्र है। इसमें राजा नहीं लोकसेवक होते हैं। धनंजय अपनी नए जमाने की सोच और स्वभाव के चलते कह बैठा।

– सही कहते हो तुम। अब लोकतंत्र है और इसमें राजा नहीं सेवक होते हैं। पर ये तुम्हारे सेवक भी करते तो राज ही हैं। या कह सकते हो ये सेवक के वेश में नए जमाने के राजा ही होते हैं। अम्माँ ने वास्तविकता का दर्पण दिखाते हुए कहा।

– हाँ, अम्माँ आप कह तो सही रही हैं। पर मैं इसके लिए अभी तैयार नहीं हूँ। धनंजय ने अपनी अनिच्छा ज़ाहिर की।

– तैयार नहीं हो तो, तैयार हो जाओ। अक्सर अवसर ऐसे ही अचानक आते हैं। अम्माँ के पास उसके हर प्रश्न का उत्तर जैसे तैयार था।

– फिर हमारा और कोई उत्तराधिकारी भी नहीं है। एक ना एक दिन तो तुम्हें यह सब सँभालना ही है। अम्माँ ने अब भावनात्मक पैंतरा चला। उन्हें मालूम है इसका धनंजय के पास कोई जवाब नहीं होगा।

– ठीक है अम्माँ। उसने हथियार से डालते हुए कहा। अब अम्माँ के चेहरे पर ख़ुशी की परछाइयाँ सी आने लगीं। उन्होंने कहा –

– हम सब सँभाल लेंगे। फिर आपकी सहायता के लिए पटवर्धन जी भी तत्पर रहेंगे। पटवर्धन जी यानी दिगंबर पटवर्धन, अम्माँ के साथ बीते कई

वर्षों से साये के तरह बने रहने वाले लम्बे ऊँचे क़द के उनके सहयोगी हैं। उसने पटवर्धन जी के बारे में सोचते हुए कहा।

– जैसा आप कहें अम्माँ। अनिच्छा से धनंजय ने कहा, अम्माँ धनंजय को समझाने लगीं।

वर्तमान मुख्यमंत्री से त्यागपत्र देने के लिए कह दिया गया है। वो कल सुबह राजभवन जाकर अपना इस्तीफ़ा राज्यपाल को सौंप देंगे। कल दोपहर को ही हमारे दल के विधायकों की बैठक होगी। उसमें आप को विधायक दल का नेता चुना जाएगा। शाम को आप राज्यपाल से मिलकर सरकार बनाने का दावा पेश करेंगे। परसों सुबह आप मुख्यमंत्री की शपथ लेंगे। अम्माँ ने अपनी पूरी योजना स्पष्ट की। धनंजय को चुप देखकर उन्होंने कहा।

अब आप जाइए। आराम कर लीजिए। यात्रा में थक गए होंगे। अभी बहुत सी और तैयारियाँ करनी हैं।

– जी, अम्माँ। उसने कहा और अम्माँ के पैर छूकर रूम से बाहर निकल गया।

# 2

धनंजय अपने रूम में पहुँचा तो देखा केशव उसका इंतज़ार कर रहा है। इस बीच धनंजय को आते देख जानकी उसके लिए कॉफ़ी लेकर आ गई। कॉफ़ी का मग रखकर वह चुपचाप लौट आई। जानकी उसकी आया माँ है। बचपन से उसने धनंजय को बड़ा किया है। धनंजय की ज़रूरतों को वह अच्छे से समझती है। धनंजय को देखते ही केशव उसकी ओर उत्सुकता से देखने लगा। धनंजय ने बैठते हुए कहा –

– अम्माँ ने तय किया है कि हम मुख्यमंत्री बनें।

– क्या? केशव ने आश्चर्य से कहा।

– हाँ। उसने कहा।

– फिर तुमने क्या सोचा? केशव ने कहा।

– अभी तो कुछ सोचा नहीं। पर अम्माँ ने तो सारी तैयारियाँ कर रखी हैं। धनंजय ने कॉफ़ी का मग उठाकर एक घूँट लेते हुए कहा।

– वैसे तो ठीक लगता है। पर तुम अच्छे से सोच लो। हमेशा की तरह केशव ने कोई स्पष्ट सलाह नहीं दी। उसने कुछ नहीं कहा। कुछ देर तक केशव चुप बैठा रहा। यह ख़बर उसके लिए भी अनपेक्षित है। काफ़ी देर बाद उसने कहा।

– अच्छा तो अभी जाता हूँ। कल मिलते हैं।

– ओ.के.। विचारों में खोये से धनंजय ने कहा, और केशव चला गया।

अब धनंजय ने बेड पर लेट कर आँखें बंद कर लीं। इतना तो वह समझ रहा है कि मुख्यमंत्री बनने के बाद सब कुछ पहले जैसा नहीं रहेगा। पहले की तरह बेफ़िक्री और आज़ादी नहीं रहेगी। ज़िम्मेदारी भी बढ़ जाएगी। अगर वह मना कर दे तो फिर अम्माँ क्या करेगी। पर अम्माँ को मना करना

इतना आसान नहीं है। अचानक दरवाज़ा खुलने की आवाज़ हुई। आँख खुली तो देखा जानकी है। उसने कहा -

- हाँ, आई माँ।

- बेटा, रात को खाने में क्या लोगे। जानकी ने उसे स्नेह से देखते हुए पूछा।

- कुछ भी हल्का बनवा दो आई। जानकी लौट गई।

- अब धीरे-धीरे नींद से उसकी आँखें बंद होने लगी हैं।

अगले दिन उसकी नींद सुबह जल्दी खुल गई। कुछ देर स्ट्रेचिंग एक्सरसाइज़ करने बाद वह बालकनी में जाकर खड़ा हो गया। बालकनी से महल का बाग नज़र आता है। उस समय बाग तरह-तरह के पंछियों के कलरव से गूँज रहा है। सुबह की ख़ूबसूरती में थोड़ी देर तक डूबने के बाद वह चैतन्य हुआ। फिर रूम में जाकर दिन भर के लिए तैयारी करने से पहले अपने सेलफ़ोन पर अपडेट चेक करने लगा। वह अभी सेलफ़ोन देख ही रहा था कि केशव आ गया। धनंजय ने उसने प्रश्नवाचक मुद्रा में देखा। केशव समझ गया, वह बोला -

- अम्माँ जी का आदेश था। तुम्हें दस बजे तक रेडी कर पार्टी कार्यालय ले जाना है। उसने हँसते हुए कहा, रात भर की अच्छी नींद के बाद वह बिलकुल तरो-ताज़ा लग रहा है।

- ओके, अम्माँ जी के दूत। धनंजय ने उसे चिढ़ाते हुए कहा।

- नहीं तुम्हारा दोस्त। जाओ, जल्दी तैयार होओ। केशव ने उसे बाथरूम की ओर धकेलते हुए कहा।

धनंजय बाथरूम में जाकर फिर सोचने लगा। आख़िर इस सारी योजना के पीछे अम्माँ का मक़सद क्या है। बहुत सोचने के बाद भी जब कुछ समझ में नहीं आया तो वह तैयार होने लगा। तैयार होकर जब बाहर निकला तो केशव उसका इंतज़ार करते हुए अपने सेलफ़ोन पर कोई गेम खेल रहा था। हमेशा की तरह वह जीन्स और टी-शर्ट पहने है। उसे देखकर केशव चौंक गया। अपना सेलफ़ोन बंद करते हुए उसने कहा -

- भाई यह नहीं चलेगा।

- क्या नहीं चलेगा। धनंजय ने कुछ नहीं समझते हुए पूछा।

- मतलब ये ड्रेस नहीं चलेगी। केशव ने स्पष्ट किया।

– क्यों इसमें क्या ख़राबी है? उसने पूछा।

– भाई, यह लीडर की ड्रेस नहीं है। अब तुम नेता बनने वाले हो। इसलिए यह ड्रेस नहीं, कोई कुर्ता-पायजामा हो तो वह पहनो। केशव ने कहा।

– नहीं, हम तो ऐसे ही अच्छे हैं। धनंजय ने कहा। अब केशव उसे अवसर के अनुरूप ड्रेस का महत्त्व बताने लगा, जो धनंजय पहले से जानता है।

– देखो भाई, जैसा देश वैसा वेश। पार्टी की मीटिंग में जा रहे हैं तो वैसी ही ड्रेस पहननी पड़ेगी। धनंजय सुनता रहा, इस वक़्त वह सोच रहा है कि बात केवल ड्रेस की नहीं है। यह अम्माँ की पॉलिटिक्स तो और भी काफ़ी कुछ बदलवाएगी। आख़िर दोनों में इस बात पर सहमति बनी कि धनंजय जीन्स पर खादी का कुर्ता पहन ले।

अब इस वक़्त दोनों महल की बड़ी-सी मर्सडीज़ में पार्टी कार्यालय जा रहे हैं। जहाँ अम्माँ और पटवर्धन जी पहले ही पहुँच चुके हैं। लगभग सारे विधायक भी पहुँच गए हैं। उनके पहुँचते ही पटवर्धन जी ने उनका स्वागत किया। इस वक़्त उस हाल में बने स्टेज पर अम्माँ और पार्टी के अध्यक्ष दिवाकर जी बैठे हैं। सामने लगी कुर्सियों पर पार्टी के विधायक बैठे हैं। धनंजय को भी स्टेज पर लगी कुर्सी पर बैठाया गया। उसके बैठते ही दिवाकर जी ने बैठक की प्रक्रिया शुरू कर दी। उन्होंने माइक सँभाल लिया –

– साथियों, जैसा कि आप जानते हैं वर्तमान संकट के बारे में। इस समय पार्टी के वरिष्ठ मंडल ने तय किया है कि श्री धनंजय प्रताप पार्टी की सरकार का नेतृत्व करें। एक पल वे विधायकों की प्रतिक्रिया देखने को रुके, फिर आगे कहने लगे।

– आप सभी से इस निर्णय पर सहमति अपेक्षित है। उनका इतना कहने के बाद वरिष्ठ विधायक नेतराम उठे। उन्होंने कहा –

हम सभी विधायक पार्टी के निर्णय से सहमत हैं। इसके साथ अन्य विधायकों ने तालियाँ बजाकर प्रस्ताव का समर्थन कर दिया।

पार्टी की बैठक समाप्त हो गई। बहुत से विधायक स्टेज पर आकर धनंजय को बधाई देने लगे।

इसके कुछ देर बाद पार्टी अध्यक्ष दिवाकर जी के कक्ष में अम्माँ जी, दिवाकर जी, नेतराम जी, पटवर्धन जी, धनंजय और केशव की बैठक में तय

किया गया कि यहाँ से राजभवन जाकर राज्यपाल से भेंट कर उन्हें पार्टी के नए नेता के चुनाव की जानकारी दी जाए। इसके बाद सरकार के शपथ ग्रहण समारोह की तैयारियाँ शुरू की जाएँ।

इसके बाद यह दल लग्ज़री वाहनों में बैठकर राजभवन की ओर चल पड़ा। राजभवन पुराने समय का बना विशाल भवन है। एक ज़माने में इसमें अँग्रेज़ों के रेजीडेंस रहते थे। लगातार होने वाली देखरेख से आज भी राजभवन गरिमामय सुंदरता में किसी भी नए भवन को पीछे छोड़ सकता है। राजभवन के मुख्य प्रवेश द्वार पर उनके आने की पूर्व सूचना है। इसी कारण अब उनके वाहन राजभवन के अंदर की चमचमाती सड़कों से होते हुए राजभवन के दरबार हॉल के बाहर पहुँचते हैं।

उनके वाहन से उतरते ही राज्यपाल के सचिव और विशेष कर्त्तव्यस्थ अधिकारी उनका स्वागत करते हैं। उनका यह दल दरबार हॉल में जाकर बैठ जाता है। कुछ देर में राजभवन के राजसी शैली में पगड़ी लगाए वेटर उनके लिए जल-पान ले आते हैं। साथ ही बताते हैं कि राज्यपाल बस थोड़ी देर में आने वाले हैं। थोड़ी देर बाद उन्होंने देखा कि राज्यपाल धीरे-धीरे चलते हुए आ रहे हैं। वे क़रीब अस्सी वर्ष के उम्रदराज बुज़ुर्ग हैं जिन्हें राजनीति से सेवानिवृत्ति के बाद राज्यपाल के रूप में इस प्रदेश में स्थापित कर दिया गया है। राज्यपाल के आते ही सब लोग खड़े हो गए। अभिवादन के बाद सभी बैठ गए। अम्माँ जी ने बात शुरू की।

– आप तो जानते ही हैं, वर्तमान मुख्यमंत्री के साथ हुई घटना को। राज्यपाल ने गंभीरतापूर्वक सिर हिलाया। अम्माँ जी ने बात आगे बढ़ाई।

– हमारी पार्टी ने अब मुख्यमंत्री के लिए धनंजय को चुना है। धनंजय ने कुर्सी से उठकर राज्यपाल का अभिवादन किया।

– ठीक है। बधाई धनंजय। राज्यपाल ने कहा।

– जी, धन्यवाद। धनंजय ने कहा।

– तो कब तक शपथ लेने का सोचा है। राज्यपाल फिर अम्माँ जी से मुख़ातिब हुए।

– आज शाम सात बजे का समय तय किया है। अम्माँ ने बताया।

– ठीक है, मैं अपने सचिव से तैयारी के लिए कह देता हूँ। राज्यपाल ने कहा और मुलाक़ात समाप्त हो गई। वे सभी राज्यपाल का अभिवादन

करके बाहर निकल आए। पोर्च में गाड़ी के पास पहुँचकर धनंजय रुक गया। अम्माँ जी पास पहुँचने पर उसने कहा –

– अम्माँ, मैं गुरु जी से मिलकर आता हूँ। गुरु जी उनके पारिवारिक गुरु हैं जो राजधानी से कुछ ही दूर एक भव्य आश्रम में रहते हैं।

– ठीक है। जाओ, लेकिन शीघ्र आ जाना। केशव को साथ ले जाओ। अम्माँ ने कहा।

कुछ देर बाद उनकी गाड़ी शहर से बाहर की ओर भागी जा रही थी। गाड़ी में धनंजय चुपचाप बैठा है, अपने में खोया हुआ। केशव ने उससे बात करने की कोशिश की। पर उसने हाँ-ना के अलावा कुछ नहीं कहा। केशव भी थोड़ी देर बाद अपने सेलफ़ोन में गुम गया। अगले बीस मिनट बाद उनकी गाड़ी ने आश्रम की सीमा में प्रवेश किया। गुरु जी का आश्रम कई एकड़ क्षेत्र में फैला हुआ है। गुरु जी के अनुयायियों में देश के कई बड़े उद्योगपति, नेता और अभिनेता शामिल हैं। आस-पास के सैकड़ों गाँवों की जनता उन्हें बहुत मानती है, पूजा करती है। आश्रम में अलग-अलग नाम से कई भवन बने हैं। मुख्य भवन बहुत भव्य बना है। आश्रम में विलासिता की हर सुविधा और वस्तुएँ मौजूद हैं। आश्रम में अनेक परिचारक और परिचारिकाएँ हैं, जो आश्रम की व्यवस्थाओं में लगे रहते हैं। आश्रम में उनके आने की सूचना शायद पहले ही मिल गई थी। इन्हें इंतज़ार नहीं करना पड़ा, उसे सीधे गुरु जी के निजी कक्ष में पहुँचा दिया गया। केशव बाहर ही रह गया। इस समय गुरु जी अपने बड़े से तख़्त पर बैठे हैं। गुरु जी भरे-पूरे कद्दावर क़द-काठी के हैं। उनके श्वेत केश मूँछ, श्वेत लंबी दाढ़ी और श्वेत वस्त्र उनके व्यक्तित्व को अतिरिक्त भव्यता प्रदान करते हैं। धनंजय ने गुरु जी को देखते ही उनका अभिवादन किया। गुरु जी के इशारे पर वह उनके सामने बैठ गया। गुरु जी ने बात शुरू की।

– विजया का फ़ोन आया था, तुम तुरंत मिलना चाहते हो। क्या बात है। विजया अम्माँ जी का नाम है।

– हाँ, गुरु जी, अचानक ये ज़िम्मेदारी आ गई है। उसने गुरु जी को श्रद्धा से देखते हुए कहा।

– धनंजय बेटा, जीवन में कुछ भी अचानक नहीं होता। नियति सब कुछ निर्धारित करके रखती है। कुछ क्षण रुक कर उन्होंने धनंजय को देखा और फिर कहने लगे।

- जो ज़िम्मेदारी तुम पर आन पड़ी है। उसे आगे आकर सँभालो। इसी में सबका हित है। गुरु जी ने बात पूरी की।

- पर गुरु जी, मैं इसके लिए अभी मन से तैयार नहीं हूँ। उसने अपने मन की बात कही।

- तैयार नहीं हो तो, मन को तैयार करो। क्योंकि योद्धा भागते नहीं परिस्थिति का सामना करते हैं। फिर हमारी विजया से इस बारे में चर्चा हुई थी। हमने ही सुझाव दिया था कि तुम्हें नेतृत्व सौंपा जाए। हमें पूरा विश्वास है तुम इस चुनौती का सामना करोगे और प्रदेश के लिए शुभ करोगे। उन्होंने बात को पूरा किया। धनंजय ने कहा -

जैसी आपकी आज्ञा, गुरु जी। इतना कहकर वह उठ गया और गुरु जी का अभिवादन कर कक्ष से बाहर निकल आया। बाहर केशव उसका इंतज़ार कर रहा था। थोड़ी देर बाद वो दोनों गाड़ी से राजधानी की ओर लौट रहे हैं। दोपहर का वक़्त हो रहा है, उनकी गाड़ी अब महल की ओर लौट रही है। शाम सात बजे का समय शपथ ग्रहण समारोह के लिए तय हुआ है। दिगंबर जी का मैसेज उन दोनों के सेलफ़ोन पर आ चुका है। महल पहुँचने के बाद धनंजय का इरादा कुछ देर आराम करने का है। केशव भी शाम को आने का कहकर अपने घर निकल जाएगा।

महल पहुँचने के बाद उसने अम्माँ जी का पता किया, वह अभी तक नहीं आई हैं। शायद वह शाम के समारोह की तैयारियों में व्यस्त हैं। लंच के बाद वह कुछ देर के लिए आराम करने लगा। कुछ ही समय बीता होगा कि अम्माँ जी के सलाहकार पटवर्धन जी आ गए। वह उठ गया। सामने लगे सोफ़े पर बैठते हुए दिगंबर जी कहने लगे -

- बेटा, अम्माँ जी ने कहा है, यह मंत्रिमंडल की सूची है एक बार देख लो। उन्होंने टाइप की गई एक सूची उसकी ओर बढ़ाते हुए कहा। उसने सूची पकड़ ली और सरसरी निगाह से देखकर उन्हें वापस लौटा दी।

- आप लोगों ने बनाई है तो ठीक ही होगी। उसने लापरवाही कहा।

- हाँ, ज़्यादातर तो वही लोग हैं, जो पिछले मंत्रिमंडल में थे। इतना कहकर वे कुछ क्षण रुके, फिर उठकर चले गए।

उनके जाने के बाद वह कुछ देर ऐसे ही बैठा रहा। फिर उठकर अपने पिता सूरज प्रताप सिंह के कमरे की ओर चल पड़ा। उसके पिता की मृत्यु

अब से कोई बीस बरस पहले हो चुकी है। पर महल में उनका कमरा अब ही वैसे का वैसा रखा है, जैसा पहले था। धनंजय की बचपन से आदत है कि जब भी अपने आप को बेचैन पाता है तो पिता के कमरे में जाकर बैठ जाता है। आज भी वह उनके कमरे में जाकर बैठ गया है।

धनंजय ना जाने क्यों, जो कुछ हो रहा है उससे अपने को सहमत नहीं कर पा रहा है। मुख्यमंत्री बनने की कभी भी उसकी इच्छा नहीं रही है। मुख्यमंत्री तो क्या मंत्री बनना या राजनीति में आना भी उसकी इच्छा नहीं रही है। राजनीति में आना या विधायक बनना भी अम्माँ की इच्छा रही है। कितनी ही देर वह कमरे में बैठा रहा पता नहीं चला।

उधर राजभवन में शपथ ग्रहण की तैयारियाँ लगभग पूरी हो गई हैं। स्टेज बनकर तैयार है। राज्यपाल की राजसी कुर्सी लग गई है। स्टेज के सामने लगे बड़े से पंडाल में अतिमहत्त्वपूर्ण व्यक्तियों और मीडिया के लिए व्यवस्था की गई है। मीडिया से जुड़े लोग और सरकारी अमला काफ़ी पहले आ गए हैं। इलेक्ट्रॉनिक मीडिया की ओ.बी. वैन जीवंत प्रसारण के लिए लग गई है। सत्तारूढ़ पार्टी से जुड़े पदाधिकारी और शपथ लेने वाले मंत्री भी आना शुरू हो गए हैं। अम्माँ जी ने पटवर्धन जी को कहा कि वह पता करें धनंजय अभी तक निकले या नहीं। वह केशव को फ़ोन लगाने लगे।

उधर जब केशव महल पहुँचा तो, धनंजय को अपने कमरे में नहीं पाया। सेवकों से जानकारी लेने के बाद वह धनंजय को उसके पिता के कक्ष में बैठा पाया, वह अभी तक तैयार नहीं हुआ है। उसने धनंजय को हाथ लगाकर हिलाया और कहा – भाई, अब तक तैयार नहीं हुए।

– हाँ, होता हूँ। अनमना सा धनंजय खड़ा होकर अपने रूम की ओर चल पड़ा। केशव भी उसके पीछे-पीछे चल पड़ा।

अगले दस मिनट में धनंजय तैयार होकर आया। उसने नीले रंग की जीन्स पर सफ़ेद रंग का कुर्ता पहन रखा है। बाहर आकर वे अपनी मर्सिडीज़ में बैठकर निकल पड़े। गाड़ी में बैठकर केशव ने कहा –

भाई, अभी इस गाड़ी से चल रहे हैं। आते वक़्त मुख्यमंत्री की लाल बत्ती लगी गाड़ी में वापस आएँगे।

– हूँ, पर अभी मुझे जाकर पहले अम्माँ से बात करना है। धनंजय ने कहा।

- अब क्या बात करना है। केशव ने पूछा। पर धनंजय ने उसकी बात का कोई उत्तर नहीं दिया।

अगले बीस मिनट बाद उनकी गाड़ी ने राजभवन में प्रवेश किया। गाड़ी से उतरकर वह राज्यपाल के कार्यालय की ओर बढ़ गया। उसने केशव को कहा – मैं राज्यपाल के कक्ष में बैठा हूँ। अम्माँ को भेज दो। पहले मैं उनसे बात करना चाहता हूँ।

केशव जब राजभवन के खुले मैदान में शपथ ग्रहण के लिए लगाए गए पंडाल में पहुँचा तो वहाँ गहमा-गहमी सी मची हुई है। कई संभावित मंत्री अपने साथ अपने समर्थक कार्यकर्ताओं को लेकर आए हैं। केशव को देखते ही अम्माँ उसके पास आईं। अम्माँ आज अतिरिक्त रूप से गरिमामय लग रही हैं।

– केशव, धनंजय कहाँ हैं? अम्माँ ने नज़दीक आने पर पूछा।

– अम्माँ जी, केशव आप से बात करना चाहता है। राज्यपाल के कार्यालय में बैठा है। केशव ने अम्माँ जी के चरण छूते हुए कहा।

– अभी बात करना है उन्हें। अम्माँ ने कहा।

– हाँ, ऐसा ही कह रहे हैं। केशव ने फिर कहा।

– ठीक है, आओ। अम्माँ ने अपने पीछे आने का इशारा किया। केशव अम्माँ के पीछे-पीछे चल पड़ा।

धनंजय राजभवन के उस कमरे में चुपचाप बैठा है। अम्माँ को आते देखकर वह खड़ा हो गया। केशव अम्माँ का इशारा समझकर बाहर ही रुक गया। अम्माँ के बैठने के बाद केशव भी सामने बैठ गया।

अम्माँ ने उसके चेहरे पर छाई गंभीरता को देखकर पूछा।

– हाँ, बेटे बताइए क्या बात है?

– अम्माँ, मैं आज दिन में बाबा के रूम में गया था। धनंजय ने रुक-रुक कर कहा।

– हाँ, ठीक है बेटा, बाबा का आशीर्वाद लेना भी ज़रूरी है। अम्माँ ने लाड़ से धनंजय के सिर पर हाथ रखते हुए कहा। केशव थोड़ी देर चुप सा रहा।

– धनंजय कुछ संशय है? केशव की ओर देखते हुए उन्होंने कहा।

– अम्माँ, यह जो हो रहा है, इतनी तेज़ी से हो रहा है। उसने धीरे-धीरे रुक कर कहा।

– धनंजय अब यह सब सोचने का समय नहीं है। चंद मिनट बाद तुम्हें शपथ लेना है। हमारे वंश का इतिहास ज़िम्मेदारी से भागने का नहीं रहा है। कुछ पल रुक कर, उन्होंने धनंजय पर अपनी बात का प्रभाव देखा और फिर कहा।

– फिर तुम चिंता मत करो, तुम्हारे साथ मदद के लिए हम हैं। इतना कहकर वह उठ गईं; धनंजय भी उनके साथ कमरे से बाहर निकला। अब वे शपथ ग्रहण के लिए बनी स्टेज पर जा रहे हैं।

स्टेज पर पहुँचकर धनंजय ने उपस्थित लोगों का अभिवादन किया। कुछ देर बाद राज्यपाल के आने की सूचना आई। राज्यपाल के आने के बाद और अपनी कुर्सी पर बैठने के बाद राज्य के मुख्य सचिव ने समारोह शुरू करने की राज्यपाल से आज्ञा ली। इसके बाद उसने घोषणा की कि अब राज्यपाल, मुख्यमंत्री के पद की शपथ धनंजय प्रताप को दिलाएँगे। राज्यपाल के खड़े होने के बाद धनंजय भी डायस के पीछे खड़े हो गए। राज्यपाल ने कहा – मैं ... इसके बाद धनंजय ने दोहराया और शपथ लेने लगा – मैं, ईश्वर के नाम पर शपथ लेता हूँ। राज्य के मुख्यमंत्री के रूप में पद और गोपनीयता की शपथ लेता हूँ। अपने पद के कर्तव्यों का निर्वहन पूर्ण निष्ठा से करूँगा। शपथ पूरी करने के बाद धनंजय ने समीप रखे रजिस्टर पर हस्ताक्षर किए। इसके बाद उसने राज्यपाल का अभिवादन किया। फिर मंच पर पीछे की ओर बैठी अम्माँ के चरण छूकर आशीर्वाद लिया। इसके बाद वह मुख्यमंत्री के लिए निर्धारित कुर्सी पर बैठ गया।

राज्यपाल ने समारोह की अगली कार्रवाई के रूप में मंत्रिमंडल के दूसरे सदस्यों को शपथ दिलाना शुरू किया। अगले दस मिनट में शपथ की प्रक्रिया पूरी हो गई। नवनियुक्त मंत्रियों ने एक-एक कर राज्यपाल और मुख्यमंत्री का अभिवादन किया। राष्ट्रगान के गायन के साथ समारोह संपन्न हुआ।

समारोह स्थल पर विशिष्ट व्यक्तियों के अभिवादन के बाद राज्य के नए मुख्यमंत्री धनंजय प्रताप महल की ओर लौट चले। इस बार मुख्यमंत्री के लिए निर्धारित सरकारी वाहन से लौट रहे हैं। आगे-पीछे उनकी सुरक्षा के लिए पुलिस के वाहनों का काफ़िला चल रहा है। इस बार वाहन में उसके

साथ अम्माँ भी हैं। आगे की सीट पर ड्राइवर के पास केशव बैठा है। धनंजय के मुख्यमंत्री बनने के साथ ही अम्माँ जी का एक बड़ा सपना पूरा हो गया।

महल पहुँचने के कुछ देर बाद जब अम्माँ, धनंजय और केशव डाइनिंग टेबल पर डिनर ले रहे हैं। उसी समय पटवर्धन जी कुछ पेपर्स लेकर आए, जो उन्होंने अम्माँ जी को दिए। अम्माँ ने पूछा – क्या है इसमें? पटवर्धन जी ने विनम्रतापूर्वक कहा –

मंत्रिमंडल के विभाग वितरण की प्रस्तावित सूची है। अम्माँ ने सूची वापस लौटाते हुए कहा –

तो मुख्यमंत्री जी को दिखाओ, हमें क्यों दे रहे हैं। पटवर्धन जी ने सूची धनंजय की ओर बढ़ा दी, धनंजय ने सूची को मोड़ कर रखते हुए कहा –

आइए, आप भी डिनर कर लीजिए।

– नहीं मैं, इंतज़ार करता हूँ। विनम्रतापूर्वक कहकर पटवर्धन जी ड्राइंग रूम की ओर चले गए। डिनर ख़त्म होने के बाद अम्माँ जी ड्राइंग रूम में चली गई। शायद उन्हें पटवर्धन जी से और कुछ चर्चा करना थी। धनंजय ने सूची केशव की ओर बढ़ाते हुए कहा – देखो, इसमें कोई परिवर्तन करना हो तो। केशव सूची को लेकर ध्यान से पढ़ने लगा। पूरी सूची पढ़ने के बाद वह बोला –

इसमें नेतराम को लोक निर्माण विभाग दिया जा रहा है। वह तो बहुत भ्रष्ट है। दूसरा मीनाक्षी जैसी युवा और ईमानदार मंत्री को पशुपालन जैसा विभाग दिया जा रहा है। धनंजय ने उसकी बात को ध्यान से सुना फिर कहा – ऐसा करो, नेतराम और मीनाक्षी के विभाग बदल दो। फिर सूची को पटवर्धन जी को दे दो। उन्हें राजभवन यह सूची भेजना होगी।

– ठीक है। केशव को खुशी हुई कि धनंजय ने उसकी सलाह को माना।

– और हाँ, मीनाक्षी को यह बता देना कि यह परिवर्तन हमने किया है। धनंजय ने कहा।

– बिलकुल भाई, मैं अभी बता दूँगा। और कुछ? उसने कहा।

– नहीं, अब तुम भी आराम कर लो। कल से नए काम पर लगना है। धनंजय ने कहा।

– ठीक है। मैं कल सुबह आता हूँ। इतना कह कर उसने विदा ली। धनंजय भी अपने रूम की ओर चल पड़ा।

# 3

अगले दिन हमेशा की तरह धनंजय सुबह जल्दी उठ गया। वह रोज़ उठने के बाद महल में बने जिम में एक्सरसाइज़ करता है। आज भी उसने वही किया। अब से वह अपने स्वास्थ्य का ज़्यादा ध्यान रखेगा, ऐसा उसने सोचा। एक्सरसाइज़ के बाद वह अपने कमरे में गया। रोज़ की तरह उसके रूम की टी-टेबल पर आज का समाचार पत्र और चाय रखी थी। उसने अख़बार को सरसरी निगाह से देखा और चाय पीने लगा। अख़बार में उसके मुख्यमंत्री पद की शपथ लेने का फ़ोटो और समाचार है। उसने सोचा आज से ज़िंदगी का एक नया अध्याय शुरू हो रहा है। चाय ख़त्म होते ही उसने अख़बार रखा और नहाने-तैयार होने बाथरूम में चला गया।

नहाकर आया तो देखा बेड पर सफ़ेद कुर्ता-पायजामा रखा है। उसने सोचा शायद अम्माँ ने रखवाया है। वह तैयार होकर बाहर निकला तो देखा

– अम्माँ महल में ही बने मंदिर में हैं। उसने वहाँ पहुँचकर शिव जी का आशीर्वाद लिया। फिर अम्माँ का आशीर्वाद लिया। इसके बाद ब्रेकफ़ास्ट के लिए डाइनिंग टेबल पर आ गए। अम्माँ भी पास ही बैठी थीं। अम्माँ ने कहा –

धनंजय आज पहला दिन है। काम शुरू करने से पहले अपने बाबा का स्मरण करना।

– हाँ माँ उन्हें कैसे भूल सकता हूँ। धनंजय ने टोस्ट पर बटर लगाते हुए कहा।

– और पटवर्धन जी और केशव रहेंगे वहाँ मदद के लिए। मैंने दोनों को पाबंद कर दिया है। अम्माँ ने बताया।

– ठीक है। धनंजय ने कहा।

– पहले दिन कुछ ज़रूरी आदेश जारी करने होते हैं। अम्माँ ने बताया।

- ठीक है। अम्माँ मैं ध्यान रखूँगा। उसने कहा।

कुछ देर बाद केशव भी आ गया। उसने देखा केशव ने भी अपना परिधान बदल लिया है। आज वह खादी का हल्के रंग का साधारण कुर्ता और पायजामा पहन कर आया है। यह राजनीति भी ना जाने क्या-क्या बदलवा देती है। पूरा ज़ोर दिखाने पर रहता है, करने से ज़्यादा करते हुए दिखना अधिक फ़ायदेमंद होता है।

उसके बाद वे दोनों मंत्रालय के लिए निकल पड़े। उनकी सरकारी वाहन के आगे-पीछे पुलिस के सुरक्षा वाहन चल रहे हैं। काफ़िले के सबसे आगे पायलट वाहन चल रहा है। मंत्रालय का नया भवन शहर के बाहरी इलाक़े में है। उनकी कार में आगे की सीट पर शस्त्रधारी सुरक्षाकर्मी बैठा है। केशव ने उसे देखते हुए कहा -

कुछ दिन लगेंगे नई व्यवस्था में एडजस्ट होने में। उसने कार के काले पारदर्शी शीशे से बाहर देखते हुए कहा।

- हाँ, कुछ दिन तो लगना चाहिए। केशव ने फिर से कहा -

भाई, तुम्हें आज ही कुछ नौकरशाहों की नई पोस्टिंग करनी होगी। अपना एक प्रमुख सचिव बनाना होगा। राज्य के मुख्य सचिव और पुलिस महानिदेशक को भी बदलना होगा।

- हाँ, मंत्रालय चलकर देखते हैं। शायद अम्माँ ने इस बारे में कुछ तैयारी कर रखी है। धनंजय ने सीट पर पड़े अख़बार को उठाते हुए कहा, इसके बाद अख़बार में संपादकीय वाले पृष्ठ पर प्रकाशित लेख को पढ़ने लगा। लेख में राज्य की राजनीतिक स्थितियों का विश्लेषण किया गया है। कुछ देर बाद उनके काफ़िले ने मंत्रालय परिसर में प्रवेश किया। मंत्रालय के पोर्च में उनकी कार के रुकते ही उसने देखा पोर्च में राज्य के मुख्य सचिव और कुछ दूसरे वरिष्ठ अधिकारी बुके लिए खड़े हैं। जैसे ही धनंजय वाहन से उतरा, मुख्य सचिव ने आगे आकर उसे बुके पकड़ाया और कहा -

वेलकम सर। धनंजय ने बुके अपने पीछे चल रहे एक अर्दली को थमा दिया। पोर्च से आगे बढ़कर वे लोग लिफ़्ट की ओर बढ़ गए। मंत्रालय में मुख्यमंत्री का सचिवालय सातवीं मंज़िल पर है। लिफ़्ट में उनके साथ मुख्य सचिव भी सवार हो गए। मुख्य सचिव केलकर पिछले एक साल से इस पद पर हैं। उनकी नियुक्ति पूर्व मुख्यमंत्री ने की थी। इस समय वह नए

मुख्यमंत्री धनंजय के सामने अपने नंबर बढ़ाने की कोशिश में हैं। लिफ़्ट में वह कहने लगे –

सर, आज बाक़ी दूसरे मंत्री भी अपना कार्यभार सँभाल लेंगे। धनंजय ने उनकी बात ध्यान से सुनने की एक्टिंग की। इसी समय लिफ़्ट सातवीं मंज़िल पर पहुँच गई। लिफ़्ट से बाहर निकलते ही देखा कि बहुत से अधिकारी और मुख्यमंत्री का सचिवालय का स्टाफ़ स्वागत के लिए खड़े हैं। मुख्य सचिव ने उनमें से कुछ से धनंजय का परिचय कराया। वो आगे बढ़ते हुए मुख्यमंत्री के कक्ष तक पहुँच गए। बाहर खड़े सुरक्षाकर्मियों ने उन्हें सेल्यूट किया।

कक्ष में पहुँचे तो देखा तो वहाँ सरकारी मीडिया से संबंधित फ़ोटोग्राफ़र और कैमरामैन तैयार खड़े थे। सामने मुख्यमंत्री की कुर्सी के पीछे की साइड-टेबल पर गणपति जी की छोटी सी मूर्ति रखी है। कक्ष बहुत बड़ा है, जिसमें बहुत सी कुर्सियाँ रखी हैं। सामने की ओर सोफ़ा सेट भी रखा है। जैसे ही वो आगे बढ़े एक पंडित जी पूजा की थाली लेकर आ गए। उन्हें देखकर धनंजय ने केशव देखा जैसे कहना चाह रहा है, यह क्या है? उसे वैसे भी पाखंड पसंद नहीं है। इसी बीच पटवर्धन जी आगे निकलकर आए। उन्होंने धीरे से धनंजय के पास जाकर कहा –

बेटा, अम्माँ जी का आग्रह था इसीलिए इन्हें बुलाया है। धनंजय ने कहा – ठीक है, जल्दी कर लीजिए। अगले पाँच मिनट में पंडित जी ने अपनी प्रक्रिया पूरी कर ली। अब धनंजय मुख्यमंत्री की कुर्सी पर बैठे हैं। सामने पटवर्धन जी, केशव और मुख्य सचिव बैठे हैं। मुख्य सचिव ने थोड़ा सा आगे झुकते हुए कहा –

सर, मंत्रालय के सभी वरिष्ठ अधिकारी सभाकक्ष में आपकी प्रतीक्षा कर रहे हैं। आप उन्हें संबोधित करना चाहेंगे।

– क्या करना चाहेंगे? धनंजय ने पूछा।

– सर, यू वांट टु एड्रेस। मुख्य सचिव ने स्पष्ट किया।

– यस, पाँच मिनट बाद। धनंजय ने कहा।

– यस सर, हम वेट कर रहे हैं। रूम नंबर 706 में।

– ओ.के.। इतना कह कर मुख्य सचिव कक्ष से बाहर चले गए। धनंजय ने अब पटवर्धन जी और केशव की ओर देखते हुए कहा –

क्या एड्रेस करना चाहिए, अधिकारियों को?

- ये सभी वरिष्ठ अधिकारी हैं अलग-अलग विभागों के। इन्हें कुछ सामान्य बातें कहना चाहिए। शासन-प्रशासन की। पटवर्धन जी ने कहा, यह सुनकर केशव ने कहा -

- मैं कुछ पॉइंट बना देता हूँ। वह एक पेपर लेकर लिखने लगा।

- अरे, रहने दो। मैं कर लूँगा। आओ चलें। इतना कहकर धनंजय उठ गया। सभा कक्ष में जाने के लिए। कक्ष से बाहर निकलते ही सुरक्षाकर्मी उनके आगे चलने लगे, उन्हें सभाकक्ष तक ले जाने के लिए। सभाकक्ष में उनके पहुँचते ही सारे अधिकारी खड़े हो गए। धनंजय ने बैठते ही वे सब भी बैठ गए। इसके बाद मुख्य सचिव केलकर ने कहना शुरू किया -

- माननीय मुख्यमंत्री जी का इस पहली परिचयात्मक बैठक में स्वागत है। अब मुख्यमंत्री जी से अनुरोध है हमें संबोधित करें और अपनी प्राथमिकताएँ बताएँ। मुख्य सचिव की बात सुनकर एक पल को धनंजय सोच में पड़ गया। अब तक तो उसकी प्राथमिकता पहाड़ों पर घूमना तथा जीवन के मज़ा उठाना ही रहा है। इसी पल उसकी त्वरित बुद्धि ने उपाय सुझाया। उसने कहा -

अपनी प्राथमिकताएँ मैं बताऊँगा पर उसके पहले आपसे जानना चाहूँगा कि आप क्या सोचते हैं, प्रदेश के लिए क्या प्राथमिकताएँ होना चाहिए? इतना कहकर वह चुप हो गया। कुछ पल के बाद पंक्ति में चौथे क्रम पर बैठे अधिकारी ने बोलना शुरू किया -

सर, मैं प्रमुख सचिव उद्योग हूँ। मेरा मानना है कि हमें औद्योगिक विकास को प्राथमिकता देना चाहिए। इससे प्रदेश में रोज़गार बढ़ेंगे। रोज़गार बढ़ने से प्रदेश का विकास सूचकांक भी बढ़ेगा।

- ठीक है। धनंजय ने कहा। इसके बाद दूसरे अधिकारी ने कहा -

सर, मैं प्रमुख सचिव कृषि हूँ। सर, हमें कृषि को प्राथमिकता देना चाहिए क्योंकि हमारा प्रदेश कृषि प्रधान है। इस क्षेत्र में कृषि आधारित प्रसंस्करण उद्योगों में विस्तार की ज़्यादा संभावनाएँ हैं। इसके बाद तीसरे अधिकारी ने बात शुरू की -

मैं, स्वास्थ्य विभाग का सचिव हूँ। हमारे प्रदेश में स्वास्थ्य सुविधाओं की कमी है। इस पर विशेष ध्यान देने की ज़रूरत है। उसने अपने विभाग का पक्ष रखा।

- सर, हमें ग्रामीण विकास पर ज़्यादा ध्यान देना चाहिए। ग्रामों के विकास से हम लोगों के जीवन स्तर को बढ़ा सकते हैं। यह ग्रामीण विकास विभाग के प्रमुख सचिव ने कहा।

- सर, बेहतर हो हम शिक्षा पर ज़्यादा ध्यान दें। क्योंकि साक्षरता से हम ग़रीबी के कुचक्र को तोड़ सकते हैं। इसके बाद तो एक के बाद एक कर कई अधिकारियों ने अपने विचार रखे। फिर एक अधिकारी ने कहा।

- सर, प्रदेश के पर्यटन उद्योग को बढ़ाना चाहिए। पर्यटन के क्षेत्र में रोज़गार के नए अवसर हैं। मैं पर्यटन और पशुपालन विभाग का प्रमुख सचिव हूँ। उसकी बात सुनकर धनंजय ने कहा -

मैं समझ नहीं पा रहा हूँ, पर्यटन के साथ पशुपालन विभाग का क्या तालमेल है। इन दोनों विभाग एक ही अधिकारी को देने का तर्क समझ से परे है। मुख्य सचिव जी इसे देखें। फिर उसने कहा -

आपके सुझावों से मुझे कुछ-कुछ अंदाज़ हो गया है कि आप क्या सोचते हैं। पर मैं कुछ अलग तरह से सोचता हूँ। सबसे पहली प्राथमिकता हमारी आम जनता होना चाहिए। कोई भी कार्यक्रम हो, कोई भी योजना हो आम जनता को प्राथमिकता में रखना चाहिए। आम जनता के हित को हमेशा ध्यान में रखें। धन्यवाद। उसने मीटिंग समाप्त की। हॉल से निकलकर वह अपने कक्ष की ओर बढ़ चला। चेम्बर में पहुँचकर बैठा ही था कि पटवर्धन जी आ गए। उसके सामने बैठते हुए उन्होंने कहा।

- आज ही आपके प्रमुख सचिव की नियुक्ति होना है। अम्माँ जी ने इसके लिए जी.पी. का नाम सुझाया है।

- कौन जी.पी.? धनंजय ने अपने रिवॉल्विंग चेयर पर अधलेटा सा होते हुए कहा।

- जी.पी. सक्सेना, प्रमोटी अधिकारी है। नीचे से ऊपर पहुँचा है। अम्माँ जी जानती है। आज्ञाकारी है। उन्होंने उसकी ख़ासियत बताई। इसी बीच धनंजय का पी.ए. एक फ़ाइल लेकर आ गया। धनंजय ने देखा रूटीन की फ़ाइल है। उसने दस्तख़त कर लौटा दी। पी.ए. कक्ष से चला गया। फिर उसने पटवर्धन जी को कहा -

मिलवाइए, इस आपके जी.पी. से।

- अभी बुलवाता हूँ। मंत्रालय में ही है। पटवर्धन जी ने कहा और

बाहर निकल गए। कुछ देर बाद वे जब लौटे तो उनके साथ जी.पी. था। धनंजय ने ध्यान से देखा सिर पर खिचड़ी बाल कुछ काले बाक़ी सफ़ेद, मूँछ पूरी सफ़ेद, सफ़ेद शर्ट और कोई हल्के कलर की पेंट। पहली नज़र में यह व्यक्ति सीधा लग रहा है। पर धनंजय का अनुभव रहा है, जो जैसा दिखता है, वैसा हमेशा होता नहीं है। धनंजय को जी.पी. ने नमस्ते किया। धनंजय ने उसे बैठने का संकेत किया। वह कुर्सी पर थोड़ा सा आगे झुककर बैठ गया। दिगंबर जी कक्ष से बाहर निकल गए। धनंजय ने पूछा -

और कहाँ-कहाँ रहे हैं आप?

- जी, दो-तीन जिलों में, फिर पिछले बीस साल से मंत्रालय में हूँ। दो मुख्यमंत्रियों के साथ उप सचिव भी रहा हूँ। उसने अपनी नौकरी का इतिहास बताया।

ठीक है, यहाँ सँभाल तो लेंगे ठीक से। अम्माँ ने आपकी सिफ़ारिश की है। धनंजय ने आश्वस्त होना चाहा।

- बिलकुल सर, आपको शिकायत का मौक़ा नहीं मिलेगा। जी.पी. ने कहा।

- गुड, वैसे आपका पूरा नाम क्या है जी.पी.? धनंजय ने पूछा।

- जी, ज्ञान प्रसाद। जी.पी. ने स्पष्ट किया।

- ओ.के. वैसे जी.पी. ही ठीक है। धनंजय ने मुलाक़ात ख़त्म होने का संकेत किया, जी.पी. पुनः अभिवादन कर चला गया।

धनंजय ने इंटरकॉम पर पी.ए. को मुख्य सचिव केलकर से बात कराने को कहा। कुछ देर बाद केलकर लाइन पर थे। धनंजय ने कहा -

केलकर जी, हमारे प्रमुख सचिव के लिए जी.पी. का आदेश करना है। फ़ाइल ले आइए।

- पर, सर मैंने और बेहतर ऑप्शन सोच रखे हैं। आप कहें तो... धनंजय ने उसकी बात काटते हुए कहा -

निर्णय हो चुका है। आप फ़ाइल ले आइए।

- जी सर। केलकर ने कहा।

उसके बाद अगले आधे घंटे में जी.पी. के मुख्यमंत्री के प्रमुख सचिव की नियुक्ति आदेश हो गए। जी.पी. बहुत ख़ुश है। उसके लिए यह बड़ी उपलब्धि है। कुछ देर बाद वह फिर से मुख्यमंत्री के चेम्बर में है।

– सर, धन्यवाद मैंने ज्वाइन कर लिया। उसने धनंजय को बताया। इस वक़्त धनंजय के साथ केशव भी बैठा है।

– ठीक है। मुझे उम्मीद है आप निराश नहीं करेंगे। धनंजय ने कहा। इसके बाद जी.पी. कक्ष से चला गया। केशव ने पूछा –

भाई, इसे किसने चुना?

– अम्माँ की पसंद है। धनंजय ने बताया।

– पर इसकी ख्याति तो बहुत औसत दर्जे के अधिकारी की है। केशव ने जानकारी दी। धनंजय ने यह सुनकर कहा –

शायद अम्माँ वफ़ादारी को ज़्यादा महत्त्व दे रही हों।

– हाँ, हो सकता है। पर हमें कुछ अच्छे अधिकारियों की ज़रूरत होगी। केशव ने कहा।

– हाँ, तुम खोजो कुछ अच्छे लोगों को। धनंजय ने कहा।

– ओ.के.। और मुख्य सचिव और पुलिस महानिदेशक के बारे में क्या सोचा है। केशव ने याद दिलाया।

– अभी कुछ सोचा नहीं। चलो आज के लिए इतना बहुत हो गया। अब महल चलें। धनंजय ने कहा और वो दोनों खड़े हो गए। पहले की तरह महल की ओर काफ़िला चल पड़ा।

❦

अगले दिन धनंजय जब मंत्रालय जाने के लिए तैयार हो गया तो कुछ लोग महल के बाहर उसके इंतज़ार में खड़े थे। अम्माँ ने उसे ब्रेकफ़ास्ट के समय ही कह दिया वह जाते वक़्त दो मिनट रुक कर इन लोगों से मिलकर जाए। बाहर टी.वी. चैनल वाले रिपोर्टर, कैमरामैन भी खड़े होंगे। प्रचार से उसकी इमेज अच्छी बनेगी। उसने ऐसा ही किया। केशव भी उसके साथ था। वह लोगों से उनके आवेदन लेकर केशव को पकड़ाता गया। इतनी भीड़ में वह किसी की भी बात ठीक से नहीं सुन पाया। पर ऐसी एक्टिंग करता रहा कि सबकी बात गंभीरता से सुन रहा है और उन सबकी समस्याएँ भी हल करेगा। लोग भी उसे सही समझ रहे थे और ज़िंदाबाद के नारे लगा रहे थे। कुछ देर बाद उनका काफ़िला तेज़ी से आगे बढ़ चला। धनंजय ने शीशे से बाहर देखते हुए कहा –

- केशव हमारे यहाँ आम जनता को बहलाना कितना आसान है ना। केशव ने अपनी डायरी को पलटते हुए सिर उठाकर कहा –

हाँ, बहुत आसान, बस थोड़ा सा ढोंग करना पड़ता है।

- वैसे तुम देख क्या रहे हो डायरी में? धनंजय ने पूछा।

- कुछ नहीं तुम्हारा दिन भर का शेड्यूल है। केशव ने पेन से कुछ निशान लगाते हुए कहा।

- इसमें एकाध मीटिंग है, बाक़ी फ़ाइल वर्क है।

- ठीक है। देखते हैं। धनंजय ने कहा।

- अच्छा अम्माँ से कुछ बात हुई? केशव ने पूछा।

- हाँ, मुख्य सचिव और पुलिस महानिदेशक के बारे में। धनंजय ने कहा।

फिर उसने केशव को संकेत से चुप रहने को कहा। उसका आशय इस बारे में बाद में बात करने का है।

कुछ देर बाद वे दोनों मंत्रालय में मुख्यमंत्री के कक्ष में है। उनके पहुँचते ही जी.पी. आ गया। उसने बताया कि मीटिंग मुख्यमंत्री के कक्ष से लगे छोटे मीटिंग रूम में है। उसने धनंजय को मीटिंग के लिए टॉकिंग पाइंट का नोट दिया। इसके बाद धनंजय ने कहा कि वह पाँच मिनट में आता है। जी.पी. चला गया। केशव ने पूछा –

भाई, मुख्य सचिव और पुलिस महानिदेशक को हटाना है ना।

- हाँ, पर मैं कोई कारण सोच रहा हूँ, जो हटाने की वजह बने। धनंजय ने स्पष्ट किया।

- क्या ज़रूरी है कि वजह हो, हर मुख्यमंत्री अपने हिसाब से इन दो पदों पर नियुक्ति करता है। यही परंपरा है। केशव ने कहा।

- हाँ, पर कहानी में थोड़ा मेलोड्रामा हो तो लोगों को अच्छी लगती है।

- तुम्हारी बात तुम्हीं समझो भाई। केशव ने कहा।

- अच्छा चलो, अब मीटिंग में चलते हैं। वह उठा तो केशव भी उसके पीछे-पीछे मीटिंग रूम में आ गया। धनंजय को देखते ही सम्मान स्वरूप सभी अधिकारी उठ खड़े हुए। धनंजय ने देखा मुख्य सचिव और पुलिस महानिदेशक उसके पास की ही कुर्सियों पर बैठे हैं।

धनंजय के बैठते ही मीटिंग शुरू हो गई। मुख्य सचिव केलकर ने प्रेजेंटेशन देना शुरू किया। वह आने वाली गर्मियों के लिए की जाने वाली तैयारियों की जानकारी देने लगा। धनंजय ने सोचा यह कितने अजीब तरीक़े से शब्दों को चबाकर बोलता है। इसको तो इसी बात के कारण पद से हटा देना चाहिए। फिर ड्रेसिंग सेन्स भी अजीब है, इन दिनों इस तरह के ओल्ड फ़ैशन के शर्ट कौन पहनता है। यह भी एक वजह हो सकती है। इसे हटाने की। इस बीच मुख्य सचिव ने उसका ध्यान खींचने के लिए कहा -

सर, गर्मियों में प्रदेश में क़रीब पाँच हज़ार गाँवों में पानी की समस्या हो जाती है। धनंजय ने प्रति प्रश्न किया -

तो इन गाँवों के लिए क्या तैयारी है?

- सर, इन गाँवों में पेयजल परिवहन करना होगा। मुख्य सचिव ने कहा।

- परिवहन क्यों? अब तक कोई स्थाई व्यवस्था क्यों नहीं हुई? उसने पूछा।

- वो सर... मुख्य सचिव हड़बड़ा से गए। और धनंजय को मौक़ा मिल गया।

- यही प्रशासनिक पकड़ है आपकी? ऐसे ही काम करते हैं? उसने डपटना शुरू किया।

- जी, सर। मुख्य सचिव ने दबी आवाज़ में कहा। धनंजय को मौक़ा मिल गया।

- मेरे साथ यह नहीं चल पाएगा। उसने तेज़ आवाज़ में कहा। मीटिंग हाल में एकदम सन्नाटा छा गया। फिर उसने कहा -

चलिए आगे शुरू करिए। बेचारे मुख्य सचिव धीरे-धीरे सहमे-सहमे से बोलने लगे। वहाँ मौजूद अन्य अधिकारियों को मज़ा आ रहा है। धनंजय भी ख़ुश हो गया कि चलो मुख्य सचिव को हटाने का बहाना तो मिल गया।

अब इसके बाद पुलिस महानिदेशक ने क़ानून व्यवस्था की स्थिति पर प्रेजेंटेशन देना शुरू किया। वो प्रदेश में अपराधों के आँकड़े बताने लगे। धनंजय ने सोचा इनकी तैयारी तो ठीक-ठाक है। बोलने का तरीक़ा भी प्रभावशाली है। फिर उसने देखा बोलते-बोलते वह अजीब तरीक़े से कंधे उचका रहा है। साथ ही इतना अकड़ कर क्यों बैठा है। ये दोनों तरीक़े ही

पर्याप्त हैं, इसे हटा देने के लिए। इसी बीच अपराधों के आँकड़े बताते-बताते पुलिस महानिदेशक ने बलात्कार के प्रकरणों के आँकड़े बताए। केशव ने यह सुनकर बीच में टोक दिया।

– ये आँकड़े कुछ ज़्यादा नहीं लग रहे। धनंजय ने भी ध्यान दिया, हाँ कुछ ज़्यादा तो हैं। पुलिस महानिदेशक ने कहा –

ऐसा नहीं है। हमारे यहाँ दूसरे प्रदेशों की तुलना में ज़्यादा रिपोर्ट दर्ज होती हैं। इसलिए आँकड़े ज़्यादा हैं। पुलिस महानिदेशक ने स्पष्टीकरण दिया। इस बीच धनंजय ने हस्तक्षेप किया।

– दिस इज नॉट टालरेबल। मीटिंग रूम में सब चुप हो गए।

–अपनी कमज़ोरियों को छुपाने के लिए बहाने मत बनाइए। मेरे लिए प्रदेश के नागरिकों और उसमें भी महिलाओं की सुरक्षा अहम मुद्दा है। धनंजय ने कहा।

– मीटिंग इज ओवर। अगली बार तैयारी से आएँ। उसने मीटिंग समाप्त कर दी और उठकर अपने चेम्बर की ओर चला गया। उसके चेम्बर में पहुँचते ही दरबान पानी का गिलास लेकर आ गया। उसने उसे ब्लैक-टी लाने के लिए कहा। केशव भी उसके पीछे-पीछे आ गया। धनंजय ने इंटरकॉम पर अपने पी.ए. को कहा –

– सुनो, जी.पी. को तुरंत भेजो।

केशव ने कहा – भाई, अब क्या कर रहे हो।

– देखते जाओ। धनंजय ने रहस्यमयी मुस्कान के साथ कहा। कुछ देर बाद जी.पी. उसके सामने था। धनंजय ने उसे देखते ही कहा।

– जी.पी., मुख्य सचिव और पुलिस महानिदेशक दोनों को बदलना है। फ़ाइल तैयार करो। शाम तक आदेश निकल जाना चाहिए।

– सर, इनके स्थान पर किन्हें नियुक्त करना है। जी.पी. ने विनम्रता से पूछा।

– ऐसा करो, तुम कुछ नाम सजेस्ट करो। पटवर्धन जी से भी सलाह ले लो। धनंजय ने कहा।

– ठीक है सर, आधे घंटे में आता हूँ। इतना कह कर जी.पी. उठने लगा। धनंजय ने फिर कहा।

- एक काम और करो, सूचना और प्रसारण का जो भी प्रमुख सचिव हो उसे तुरंत मेरे पास भेजो।

- जी सर। इतना कह कर जी.पी. चला गया। केशव ने धनंजय को देखा कि अब क्या करने वाला है।

- कुछ देर बाद उसके चेम्बर के बाहर खड़े रहने वाले दरबान ने आकर बताया कि सूचना विभाग की जया राणा आई है। आपने बुलाया है। धनंजय ने उसे भेजने को कहा। कुछ क्षण बाद जया राणा अंदर आई। धनंजय ने देखा वह मध्यवय की सुंदर महिला है। उसने आकर धनंजय का अभिवादन किया। धनंजय ने उसे बैठने का संकेत किया। फिर पूछा –

आप, मीटिंग में थीं?

- जी, सर थी। जया ने कहा।

- तो फिर आपने देखा होगा मुख्य सचिव और पुलिस महानिदेशक का प्रेजेंटेशन और हमारी नाराज़गी। उसने जया को ग़ौर से देखते हुए कहा। लगता है जया ने अपने आपको बहुत अच्छे से मेन्टेन किया है।

- हाँ, सर। जया ने कहा।

- हम दोनों को हटा रहे हैं। इसकी वाइड पब्लिसिटी हो जाए। हमारी नाराज़गी और निर्णय की भी। धनंजय ने कहा।

- जी सर, इलेक्ट्रॉनिक और प्रिंट मीडिया दोनों में बता देते हैं। जया ने कहा।

- ठीक है, कराइए। धनंजय ने बात समाप्त करने का इशारा किया। जया एक बार फिर अभिवादन कर निकल गई। केशव ने उसे जाते हुए देखकर कहा –

इसे कहते है इमेज मेकिंग। धनंजय ने अपनी टेबल पर रखी फ़ाइलों में से एक फ़ाइल उठाकर कहा –

हाँ, पर इसका परिणाम देखने के लिए कल तक का इंतज़ार करना होगा।

दोपहर को लंच के लिए धनंजय और केशव महल गए। लंच के बाद धनंजय अम्माँ के कक्ष में गया। अम्माँ को दोपहर के वक़्त खाने के बाद थोड़ी देर सोने की आदत है। अम्माँ उसे आते देखकर उठ गईं। धनंजय ने अम्माँ के पैर छुए। फिर कहा –

अम्माँ, आज मुख्य सचिव और पुलिस महानिदेशक को बदल रहे हैं।

- ठीक है, बेटा। पटवर्धन जी से सलाह कर लेना। अम्माँ ने कहा।

- जी, अम्माँ। धनंजय ने स्वीकृति में सिर हिलाया।

- अब तुम्हें आज-कल में एक सार्वजनिक कार्यक्रम में जाना चाहिए। अम्माँ ने सलाह दी।

- हाँ, अम्माँ करता हूँ। धनंजय ने कहा और इसके बाद धनंजय अम्माँ का अभिवादन कर बाहर आ गया। केशव और वह दोनों मंत्रालय के लिए निकल पड़े। रास्ते में धनंजय ने केशव को कहा -

केशव, अब एक सार्वजनिक कार्यक्रम करना चाहिए। इसकी प्लानिंग करो।

- हाँ करता हूँ। इस बारे में जया से भी सलाह कर लूँगा। केशव ने कहा। धनंजय ने प्रत्युत्तर में कहा -

ठीक है कर लो। फिर उसने सीट की पुश्त से टिकते हुए आँखें बंद कर लीं। कुछ देर बाद वे मंत्रालय पहुँच गए। धनंजय के कक्ष में पहुँचते ही जी.पी. आ गया। अभिवादन के बाद उसने कहा -

- सर, ये प्रदेश के वरिष्ठतम प्रशासनिक सेवा और पुलिस सेवा के दस-दस अधिकारियों की लिस्ट है। इसमें जिन पर टिक लगा है, वह पटवर्धन जी ने बताए हैं। इतना कह कर उसने लिस्ट धनंजय को दे दी। धनंजय लिस्ट को पढ़ने लगा। इसमें से वह किसी को व्यक्तिगत रूप से नहीं जानता है। उसने जी.पी. से पूछा -

तुम जानते हो इनको जिन्हें पटवर्धन जी ने सुझाया है।

- हाँ, सर। जी.पी. ने नता-तुला उत्तर दिया।

- कैसे हैं दोनों, ठीक रहेंगे क्या? धनंजय ने उसकी सलाह ली।

- क्षमा करें, सर। पर आपका प्रमुख सचिव हूँ इसलिए आपको बताना मेरी ज़िम्मेदारी है। जी.पी. ने भूमिका बनाते हुए कहा।

- हाँ, बताओ। धनंजय ने उसे आश्वस्त किया।

- सर, मुख्य सचिव की चॉइस तो ठीक है। उनकी छवि तो ईमानदार और सख़्त ऑफ़िसर की है पर... इसके बाद जी.पी. रुक गया। फिर कहने लगा।

- पर, पुलिस महानिदेशक की छवि ठीक नहीं है। पहले एक-आध मामले में उनकी जाँच हो चुकी है। जी.पी. ने बात पूरी की।

- ठीक है। मुख्य सचिव के लिए तो पी.रेड्डी का आदेश करा लो। पुलिस महानिदेशक के लिए और कोई नाम बताओ। धनंजय ने निर्णयात्मक स्वर में कहा। जी.पी. ने कहा -

बाक़ी तो सब ठीक ही है सर। वरिष्ठता के क्रम से देखें तो सुधा मजूमदार ठीक हैं। जी.पी. ने कहा।

- इनकी छवि कैसी है? धनंजय ने पूछा।

- छवि तो साफ़-सुथरी है। पर अपनी बात पर अड़ जाने वाली हैं। जी.पी. ने बताया।

- ठीक है। इसे ही अभी फ़ाइनल करते हैं। एक बार मेरी बात करा दो। धनंजय ने कहा।

- सर, बुला लूँ अभी? जी.पी. ने कहा।

- नहीं, फ़ोन पर बात करा दो। धनंजय ने आदेश दिया।

- जी, सर। इतना कह कर जी.पी. चला गया।

- कुछ देर बाद इंटरकॉम पर पी.ए. ने कहा सर, सुधा मजूमदार ... लाइन पर हैं। धनंजय ने कहा दो। उधर से सुधा ने कहा -

सर, जय हिंद।

- आपको ख़बर मिल गई होगी। आपको हमने प्रदेश की नई पुलिस महानिदेशक के बतौर चुना है। बधाई। धनंजय ने कहा।

- धन्यवाद सर। सुधा ने विनम्रता से कहा।

- उम्मीद है, आप बेहतर प्रदर्शन करेंगी। क़ानून-व्यवस्था हमारी सर्वोच्च प्राथमिकता है। धनंजय ने एक अनुभवी मुख्यमंत्री की तरह कहा।

- सर, आपको निराशा नहीं होगी। सुधा ने अतिरिक्त विनम्रता से कहा।

- ठीक है, बधाई। इतना कहकर धनंजय ने फ़ोन रख दिया।

शाम होते-होते मुख्य सचिव और पुलिस महानिदेशक दोनों की पोस्टिंग के आदेश निकल गए। और कोई महत्त्वपूर्ण काम नहीं होने से धनंजय ने दरबान को बुलाकर वाहन तैयार करने को कहा। मंत्रालय में सुरक्षाकर्मियों में अलर्ट हो गया। मुख्यमंत्री कुछ देर में निकलने वाले हैं। धनंजय रास्ते में सोच रहा है। आज के लिए काफ़ी काम हो गया।

# 4

अगले दिन सुबह धनंजय और केशव जब मंत्रालय जा रहे थे। तब धनंजय ने केशव से कहा -

केशव, सार्वजनिक कार्यक्रमों की कुछ योजना बनाई है क्या?

- हाँ, आज चर्चा कर लेते हैं। जया से मेरी बात हुई है। उसे भी बुला लेते हैं। केशव ने अपने मोबाइल को बंद करते हुए कहा।

- ना हो तो हम एक सिस्टम बना लेते हैं। जैसे मैं सोमवार और मंगलवार को मंत्रालय में बैठूँगा। बुधवार और गुरुवार को प्रदेश का दौरा करूँगा। शुक्रवार को मंत्रालय में और शनिवार को पार्टी का काम करूँगा। रविवार को हम अपने लिए रखेंगे। धनंजय ने अपनी योजना बताई। केशव ने कहा -

हाँ, बढ़िया रहेगा। हम कोशिश करेंगे कि सोम और मंगल को ज़्यादातर सरकारी काम निपट जाए। इस बीच उनका वाहनों का काफ़िला मंत्रालय परिसर में प्रवेश कर गया। वो दोनों उतरकर लिफ़्ट की ओर बढ़ गए। मंत्रालय में एक लिफ़्ट केवल मुख्यमंत्री के उपयोग के लिए ही है।

धनंजय अपने कक्ष में जाकर बैठा ही है कि दरबान आ गया। उसने बताया मुख्य सचिव और पुलिस महानिदेशक दोनों उससे मिलने के लिए बैठे हैं। केशव मंत्रालय में दूसरे काम निपटाने का कह कर निकल गया। धनंजय ने दरबान को कहा कि पाँच मिनट बाद दोनों को एक-एक कर भेजें।

कुछ देर बाद उसके सामने मुख्य सचिव रेड्डी बैठे हैं। सूरत से भले आदमी लगते हैं। धनंजय ने उनसे प्रदेश की प्रशासनिक स्थिति के बारे में जानकारी लेना शुरू की। वे बता रहे थे, तभी उन्होंने कहा -

सर, हमें मंत्रालय स्तर पर भी प्रमुख सचिव और सचिव के प्रभारों में बदलाव करना चाहिए। धनंजय ने उसकी बात से सहमति व्यक्त करते हुए

कहा - ठीक है, आप प्रस्ताव बनाकर लाइए। फिर उसने कहा जैसे कोई बात उसे याद आ गई हो -

हाँ, एक काम और करिए प्रदेश के सभी जिलों में तैनात कलेक्टर और पुलिस अधीक्षकों के बारे में रिपोर्ट दीजिए। किसकी नियुक्ति किसने कराई है? और उनकी जनता में इमेज कैसी है? धनंजय ने अपनी मेज़ पर पड़े पेपरवेट को घुमाते हुए कहा।

हो जाएगा सर, शाम तक आपको सूची मिल जाएगी। रेड्डी ने कहा, जैसे उन्हें अपनी पसंद का काम मिल गया हो।

- तो ठीक है फिर। धनंजय ने मुलाक़ात समाप्त की। रेड्डी उसे अभिवादन कर चले गए। कुछ देर बार राज्य की नई पुलिस महानिदेशक सुधा मजूमदार उनके सामने बैठी थीं। धनंजय ने देखा सुधा पुलिस की वर्दी में हैं। प्रौढ़ महिला, जिसे पुलिस की नौकरी ने रफ़-टफ़ बना दिया।

धनंजय ने कहा -

सुधा जी, प्रदेश में क़ानून व्यवस्था हमारी प्राथमिकता में है। नागरिकों की सुनवाई आसानी से हो यह सुनिश्चित करे।

- सर, हम इस दिशा में लगातार प्रयास कर रहे हैं। सुधा ने कहते हुए एक बुकलेट धनंजय की ओर बढ़ा दी। धनंजय ने बुकलेट को सरसरी निगाह से देखकर रख दिया। फिर कहा।

सुधा जी, एक काम और करिए। हनी ट्रैप स्कैण्डल के पूरे डिटेल्स मुझे चाहिए।

- सर, मैं उपलब्ध कराती हूँ। सुधा ने कहा।

- वन मोर थिंग। हमारे मंत्री साथियों में से कितने इसमें शामिल हैं। मुझे वह जानकारी भी चाहिए, प्रमाणों के साथ। धनंजय ने कहा। इस पर सुधा ने उसे आश्चर्य से देखा। फिर कहा -

- हो जाएगा सर, पर इसमें थोड़ा सा समय लगेगा।

- कितना? धनंजय ने पूछा।

- दो या तीन दिन, सर।

- तो ठीक है। करिए। धनंजय ने इतना कह कर मुलाक़ात ख़त्म की।

पुलिस महानिदेशक के जाने के बाद धनंजय ने केशव को बुलाया। थोड़ी देर बाद जब केशव आया तो उसके साथ सूचना विभाग की सचिव

जया भी थी। वो दोनों उसके सामने रखी कुर्सियों पर बैठ गए। केशव ने बात शुरू की।

– भाई, हमने काफ़ी विचार किया। इतना कह कर उसने जया की ओर देखा, जया ने उसकी बात का समर्थन करते हुए कहा –

– हाँ सर, हमने सोचा कि दो तरह के कार्यक्रम हो सकते हैं। एक तो ग्रामीण क्षेत्र में किसानों का सम्मेलन टाइप का हो। और दूसरा शहरी क्षेत्र में हो सकता है। थोड़ा सा सोफ़िस्टिकेटेड टाइप का।

– शहरी क्षेत्र में किस तरह का कार्यक्रम हो सकता है? धनंजय ने ग़ौर से जया को देखते हुए पूछा। जया आज कुछ ज़्यादा तैयार हो कर आई हैं और भली सी लग रही हैं।

– शहरी क्षेत्र में तो कई तरह के कार्यक्रम हो सकते हैं। एक तो आज ही हो सकता है। केशव ने जवाब दिया।

– कौन सा? धनंजय ने पूछा।

– पुलिस के उप निरीक्षकों का दीक्षांत समारोह और मार्च पास्ट का कार्यक्रम है, आज शाम को 5 बजे। पुलिस ट्रेनिंग स्कूल के आई.जी. कल पूछने आए थे मैंने मना कर दिया था। उसमें आज जा सकते हैं। केशव ने बताया।

– जया तुम बताओ ये कैसा रहेगा? केशव ने जया से पूछा।

– सर, शुरुआत के लिए ठीक रहेगा। इस कार्यक्रम के जरिये आप एक अच्छा मैसेज दे सकते हैं। जया ने कहा।

– तो ठीक है। यह तय रहा केशव तुम पुलिस ट्रेनिंग स्कूल मैसेज भेज दो हम आएँगे। और जया तुम कार्यक्रम के लिए टॉकिंग पॉइंट तैयार करके लाओ। धनंजय ने दोनों को कहा। इसके बाद वो दोनों कक्ष से बाहर निकल गये। धनंजय ने स्टेनों को इंटरकॉम पर अलग-अलग क्षेत्र के कुछ विधायकों से बात कराने के निर्देश दिए।

इस समय शाम के क़रीब साढ़े चार बजे हैं, मुख्यमंत्री के वाहनों का काफ़िला शहर से बाहर की ओर जा रहा है। पुलिस ट्रेनिंग स्कूल शहर से क़रीब दस किलोमीटर दूर है। धनंजय के साथ इस वक़्त कार में केशव भी हैं। धनंजय, जया द्वारा भेजे गए टॉकिंग पॉइंट देख रहा है। जया ने काफ़ी कुछ काम कर दिया था, जिसके आधार पर धनंजय अपना भाषण दे सकता है। एक ही दिक़्क़त की बात है कि जया ने हिंदी के ऐसे शब्दों का इस्तेमाल

किया है, जो धनंजय के लिए काफ़ी मुश्किल हो सकते हैं। धनंजय ने सोचा शायद वक़्त के साथ-साथ उसकी हिंदी भी सुधर जाए।

जैसे ही उनका काफ़िला पुलिस ट्रेनिंग स्कूल के पोर्च में रुका। आई.जी. ने उनका स्वागत किया और उन्हें परेड स्थल पर ले गए। परेड स्थल पर आई.जी. ने माइक सँभालते हुए बताया कि यह मुख्यमंत्री जी का यह पहला सार्वजनिक कार्यक्रम है। पुलिस ट्रेनिंग स्कूल के लिए गर्व की बात है। फिर उसने मुख्यमंत्री की ओर देखते हुए कहा कि इस दीक्षांत समारोह में क़रीब नौ सौ उप निरीक्षक शामिल हो रहे हैं। आज के बाद ये जवान पुलिस फ़ोर्स का हिस्सा होंगे। फिर उसने मुख्यमंत्री की अनुमति से दीक्षांत परेड शुरू करने की बात कही।

इसके बाद परेड कमांडर ने निर्देश दिए और दीक्षांत परेड शुरू हो गई। पुलिस बैंड की मधुर धुनों के साथ पुलिस की कलफ़ लगी खाकी वर्दी में एक के बाद एक नव निरीक्षकों के समूह परेड करते हुए मंच के सामने से सलामी देते हुए निकलने लगे। यह अद्भुत दृश्य और पुलिस बैंड की देशभक्ति से भरी धुनें दर्शकों के दिल में राष्ट्रीयता का ज्वार पैदा कर रही हैं। वहाँ उपस्थित दर्शकों की लयबद्ध तालियाँ माहौल को जोश से भर रही हैं।

कुछ माहौल का जोश और कुछ पहले सार्वजनिक कार्यक्रम का उत्साह का असर था कि जब धनंजय उप निरीक्षकों को संबोधित करने के लिए डायस पर आया तो बहुत जोश से भरा था। उसने बोलना शुरू किया -

मेरे प्यारे निरीक्षकों आज से आपके जीवन का एक नया अध्याय शुरू हो रहा है। अब आपका जीवन देश के लिए है। आपकी ओर समाज बड़ी आशा भरी निगाहों से देख रहा है। आज आपके अभिभावकों को आप पर गर्व हो रहा होगा। इतना सुनकर निरीक्षकों ने तालियाँ बजाना शुरू कर दीं। कुछ पल रुककर धनंजय ने फिर आगे बोलना शुरू किया -

आप अभी युवा हैं, जोश और जज्बे से भरे हुए। आपके इस जोश का उपयोग प्रदेश के नवनिर्माण में होगा। आप अपनी ड्यूटी पूरी ईमानदारी से निभाएँ। लोगों की दिक़्क़तों को दूर करें, आपका ध्यान मैं रखूँगा, मेरी सरकार रखेगी। यहाँ फिर तालियाँ बजने लगीं, निरीक्षक सचमुच बड़े जोश से भरे थे।

इस तरह का क्रम अगले दस मिनट तक और चला। केशव भी धनंजय का परफ़ॉरमेंस देखकर खुश हो रहा है। भाषण के अंत तक आते-आते धनंजय पूरे जोश में आ गया और उसने कहा -

आप सबका उत्साह देखकर मैं भी उत्साह भर गया हूँ। धनंजय के इतना कहकर मंच पर अपने स्थान पर बैठ गया। इसके बाद कार्यक्रम के समापन के बारे में बताने के लिए आई.जी. माइक पर आए। उन्होंने कहा -

अब कुछ चुनिंदा पुलिस निरीक्षकों को मुख्यमंत्री महोदय फीती हटाकर स्टार लगाएँगे। पुलिस निरीक्षकों के कंधे पर लगी दो फीतियों काली और नीली को हटाकर दो स्टार लगाकर उन्हें ज़िम्मेदारी सौंपी जाती है, पुलिस परंपरा के अनुसार। इतना कहने के बाद उन्होंने धनंजय को देखा। धनंजय उठकर माइक पर आया और उसने कहा -

मैं आप सबको स्टार लगाकर जाऊँगा। केवल कुछ लोगों को नहीं। धनंजय का इतना कहना था कि कार्यक्रम स्थल उप निरीक्षकों के ख़ुशी भरे शोर से गूँज उठा। इसके बाद जो हुआ, वह इस कार्यक्रम का क्लाईमेक्स था। अब धनंजय मंच पर खड़ा हुआ। एक उप निरीक्षकों आया सेल्यूट किया और पास में खड़े आई.जी. ने उन्हें पिन लगे दो स्टार दिए जिन्हें धनंजय ने निरीक्षक के कंधे पर उसकी वर्दी में लगाए। उसके बाद वह चला गया। उसके बाद क्रम शुरू हो गया एक के बाद एक उप निरीक्षक आते और धनंजय उन्हें स्टार लगाता और वे मंच से नीचे उतर जाते। जब तक एक नव निरीक्षक नीचे उतरता दूसरा आ जाता। धनंजय को सेल्यूट करता और आगे आ जाता स्टार लगवाने के लिए। अब धनंजय के लिए मुश्किल होने लगी। जब उसने भाषण के अंत में घोषणा की थी, तब यह नहीं सोचा था कि यह इतना मुश्किल हो जाएगा। एक तो दो बार स्टार लगाना, फिर उसमें लगी सख़्त सेफ़्टी पिन हाथ में कई बार चुभ जाती। फिर नौ सौ उप निरीक्षक। केशव, धनंजय की मुश्किल को समझ गया था, पर वह भी निरीक्षकों के जोश के आगे कुछ कहने की स्थिति में नहीं था। वह मदद के लिए आगे आया। धनंजय के लिए निरीक्षकों की फीती खोलने लगा और धनंजय को स्टार थमाने लगा। अगले एक घंटे तक धनंजय यह काम करता रहा। जब यह सिलसिला ख़त्म हुआ धनंजय की हालत ख़राब हो चुकी थी।

कुछ देर बाद जब वे कार से वापस महल जा रहे थे तो केशव ने देखा धनंजय बार-बार अपने कंधों को पकड़ रहा है। उसने पूछा - भाई, क्या हो गया?

- ज़्यादा दर्द हो रहा है। धनंजय ने हाथ को दबाते हुए कहा।

– लगता है स्टार लगाना मुश्किल पड़ गया। मैं डॉक्टर को फ़ोन करता हूँ, हम पहुँचेंगे तब तक वह भी पहुँच जाएगा। केशव ने कहा। धनंजय ने हाथ पकड़कर आँखें बंद कर लीं और सीट पर अधलेटा सा हो गया।

जब वे महल पहुँचे तो उनके फ़ैमिली डॉक्टर चौधरी मौजूद थे। उन्होंने धनंजय के हाथ को देखा। एक-दो बार दबाकर देखा। फिर कहा –

कुछ नहीं मसल्स पेन है। ज़्यादा दबाव की वजह से कई बार हो जाता है। डॉ. चौधरी ने कहा। फिर उन्होंने अपना बैग खोला और कुछ गोलियाँ निकाल कर दीं और कहा –

– ये खाने के बाद ले लो, एक घंटे में ठीक हो जाओगे। इसके बाद वह चले गए।

– यह स्टार लगाने का आइडिया तो भारी पड़ गया।

– धनंजय ने हाथ पकड़ते हुए कहा।

केशव ने कहा – चिंता मत करो, ठीक हो जाएगा।

– हाँ, हो जाना चाहिए। तुम भी निकलो। मैं आराम करूँगा। धनंजय ने कहा।

– ओ.के. टेक केयर। केशव ने कहा और चला गया।

इसके बाद क़रीब एक घंटा बीत गया। पर धनंजय के हाथ का दर्द बंद नहीं हुआ। अम्माँ कही गई हुई थी। जब वह लौटी तो उन्हें जैसे ही घटना का पता चला वह धनंजय के रूम में आई। धनंजय की हालात को देखकर उन्होंने तुरंत पटवर्धन जी को फ़ोन लगाया। कुछ देर बाद वह राजधानी के बेस्ट ऑर्थोपेडिक स्पेशलिस्ट डॉक्टर के साथ हाज़िर थे। डॉक्टर ने गंभीरतापूर्वक धनंजय का चेक-अप शुरू किया। मामला चूँकि मुख्यमंत्री का है इसलिए वह अतिरिक्त रूप से गंभीर था। धनंजय के कंधों को उपर-नीचे हर कोण से देखने के बाद उसने गंभीरता से कहा –

चिंता की कोई बात नहीं है। बस रेस्ट की ज़रूरत है। इस हाथ को कम से कम 24 घंटे बिना किसी प्रेशर के आराम करने दो। ठीक हो जाएँगे। कुछ टेबलेट दे रहा हूँ, जस्ट फ़ॉर रिलीविंग मसल्स।

– ठीक है। धन्यवाद डॉक्टर। अम्माँ की जान में जान आई। डॉक्टर के जाने के बाद अम्माँ ने आदेश दिया।

– धनंजय तुम कल दिन भर रेस्ट करोगे।

– जी, अम्माँ। धनंजय ने कहा।

– पर एक बात, तुम दिन भर जनता से दूर रहोगे तो मीडिया में तरह-तरह की कहानियाँ बनेंगी। विरोधियों को भी मौक़ा मिल जाएगा। अम्माँ ने शंका ज़ाहिर की।

– तो फिर क्या करें हम? धनंजय ने उस पल को कोसते हुए कहा जिस पल उसने आरक्षकों को स्टार लगाने की घोषणा की थी।

– पटवर्धन जी आपका क्या कहना है? अम्मा ने पटवर्धन जी से पूछा। वैसे उनकी ख़ासियत है कि वह बिना माँगे कभी कोई सलाह नहीं देते। उन्होंने कहा –

इसका समाधान हो सकता है। अज्ञातवास।

– अज्ञातवास क्या मतलब? अम्माँ समझ गई थीं, पर धनंजय ने पूछा है। इसका जवाब अम्माँ ने दिया।

– धनंजय तुम कल सुबह मंत्रालय जाओगे। फिर वहाँ कुछ देर रुक कर बिना किसी को बताए कम से कम वाहन काफ़िले के साथ ऐसी जगह जाओगे, जो किसी को पता नहीं चलेगी। तुम्हारी गाड़ी में फ़ाइलों के कुछ बस्तें रखवा दिए जाएँगे। ताकि लोग समझें कि तुम एकांत में महत्त्वपूर्ण फ़ाइलें निपटाने गए हो जहाँ कोई डिस्टरबेंस नहीं हो। अम्माँ ने विस्तार से अज्ञातवास को समझाया।

– ठीक है, पर जाएँगे कहाँ? धनंजय ने पूछा। पटवर्धन जी ने कहा –

शहर से एक घंटे की दूरी पर स्थित जंगलों में बने अभयारण्य में फ़ॉरेस्ट रेस्ट हाउस ठीक रहेगा। वहाँ मोबाइल का नेटवर्क भी नहीं रहता। भैया दिन भर आराम करेंगे और रात होने तक लौट आएँगे।

– ठीक है तो फिर यह तय रहा। अम्माँ ने कहा। फिर अम्माँ और दिगंबर जी धनंजय को आराम करने का कह कर चले गए। धनंजय सोने की कोशिश करने लगा।

❧

अगले दिन जब धनंजय सो कर उठा तो हाथ का दर्द बना हुआ था। जैसा प्लान किया गया था, वैसा ही किया गया। ब्रेकफ़ास्ट के बाद धनंजय और केशव मंत्रालय पहुँचे। मंत्रालय में पटवर्धन जी ने जी.पी. को ख़बर कर दी

थी। उनके पहुँचते ही जी.पी. और मुख्य सचिव रेड्डी आ गए। मुख्य सचिव
ने उन्हें वरिष्ठ अधिकारियों की बैकग्राउंड लिस्ट दी। जी.पी. ने कहा -

– सर, मैंने फ़ाइलों के बस्ते गाड़ी में रखने को कह दिया है।

– ठीक है, मेरे साथ कौन चल रहा है? धनंजय ने पूछा।

– जी.पी. तुम चले जाओ। सी.एम. साहब को ठीक लगे तो कुछ
फ़ाइल्स करा लेना। रेड्डी ने जी.पी. की ओर देखते हुए कहा।

– जी, सर। जी.पी. ने कहा। केशव ने कहा -

तो मैं, आज तुम्हारे अगले कार्यक्रम की प्लानिंग कर लेता हूँ।

– ठीक है। धनंजय ने कहा।

इसके कुछ देर बाद मुख्यमंत्री धनंजय अपने पहले अज्ञातवास के लिए
मंत्रालय से निकल पड़े। केवल कुछ गाड़ियाँ और चुनिंदा सुरक्षाकर्मी हैं।
वाहनों का काफ़िला तेज़ी शहर के बाहर स्थित अभयारण्य की ओर बढ़ रहा
है। पुलिस कन्ट्रोल रूम को निर्देश दे दिए गए कि किसी को भी मुख्यमंत्री
की लोकेशन नहीं बताई जाए।

आधे घंटे बाद वाहनों का काफ़िला अभयारण्य में बने वन विभाग के
रेस्ट हाउस पहुँच गया। धनंजय के वहाँ आने की ख़बर पहले से होने के
कारण वन विभाग के एक वरिष्ठ अधिकारी वहाँ मौजूद थे। उन्होंने सारे
इंतज़ाम कर रखे हैं। धनंजय रेस्ट हाउस के सबसे अच्छे रूम में पहुँच कर
आराम करने लगा। जी.पी. भी बाहर की ओर बने छोटे रूम में बैठ गया।
उसने वन विभाग के अधिकारी को मुख्यमंत्री के लंच के लिए आवश्यक
निर्देश दे दिए। सुरक्षाकर्मी भी गेस्ट हाउस के बाहर और भीतर अलग-अलग
पॉइंट पर अपनी ड्यूटी देने लगे।

जी.पी. अपने रूम में बैठकर फ़ाइलों के बस्ते खोलकर महत्त्वपूर्ण
फ़ाइलें ऊपर रखने लगा। ताकि यदि धनंजय का मूड हो तो कुछ फ़ाइलें करा
सके। कुछ देर बाद वह ऊबने लगा। उसने अपना मोबाइल निकालकर अपनी
पत्नी को फ़ोन लगाने की कोशिश की पर नेटवर्क नहीं होने के कारण फ़ोन
नहीं लगा। उसने फिर मोबाइल रख दिया। फिर-उठकर रूम में टहलने लगा।
फिर थोड़ी देर बाद ऊब गया और रूम से बाहर आ गया। देखा लॉबी में
पड़ी बेंत की कुर्सियों में से एक पर वन विभाग का वह अधिकारी बैठा है।
वह भी उधर जाने लगा, उसे आता देखकर वह अधिकारी खड़ा हो गया।

जी.पी. एक कुर्सी पर बैठ गया और उसे भी बैठने का इशारा किया। फिर उसने पूछा - यहाँ कब से हो?

– सर, पाँच वर्ष हो गए हैं। उस अधिकारी ने विनम्रता से कहा। जी.पी. ने उसे ध्यान से देखा, वन विभाग का सब डिविजन स्तर का अधिकारी लगता है। मुख्यमंत्री के आने की सूचना है तो संबंधित क्षेत्र के वन मंडलाधिकारी को तो आना ही चाहिए। प्रत्यक्ष में उसने कहा –

– आपके डी.एफ.ओ. कहाँ है? वो नहीं आए।

– सर, मैं ही डी.एफ.ओ हूँ। उसने फिर विनम्रता से कहा।

– अच्छा, प्रमोटी होंगे। जी.पी. ने इस तरह कहा जैसे प्रमोटी होना कोई गाली हो जबकि वह खुद एक प्रमोटी अधिकारी है।

– जी, सर। उसने कहा। जी.पी. ने विषय बदला।

– अच्छा बताओ, वैसे यहाँ अभयारण्य में कौन-कौन से वन्यप्राणी हैं?

– सर, यहाँ बारहसिंगा तो बहुतायत में है। बाघ भी हैं। और भी बहुत सी प्रजातियों के पक्षी भी हैं। वह अपने से जुड़ा विषय पाकर उत्साह से बताने लगा।

– अच्छा बाघ भी हैं? जी.पी. ने आश्चर्य से कहा।

– हाँ सर, अक्सर रात को निकलता है पानी और शिकार की तलाश में। उसने बताया।

– तब तो हमें यहाँ से रात से पहले निकल जाना चाहिए। जी.पी. ने कहा।

– अरे नहीं सर, ऐसी कोई डर की बात नहीं है। उसने आश्वस्त करना चाहा। पर जी.पी. ने उसे कहा –

ज़रा देखो लंच की क्या तैयारी है।

वह उठा और रेस्ट हाउस के किचन की ओर चला गया। उधर बाहर की ओर ड्यूटी पर खड़े दो सुरक्षाकर्मी आपस में बात कर रहे हैं –

यार, यह अज्ञातवास का अच्छा चूतियापा है। अचानक आते हैं कुछ खाने को भी नहीं रख पाते। चाय तक तो मिलती नहीं इस जंगल में। दूसरा बोला।

– हाँ यार, वी.आई.पी. के लिए तो सारी व्यवस्था हो जाती है। हमें तो ऐसे ही सूखना पड़ेगा।

– हाँ यार, इस जंगल में तो दूसरी टीम रिलीव करने भी नहीं आएगी। पहले ने कहा।

– मेरी तो और बड़ी समस्या है। आज बेटी का जन्मदिन है। सुबह आने से पहले कह रही थी, पापा आज जल्दी आना। पर यहाँ जल्दी तो क्या समय पर भी नहीं पहुँच पाएँगे।

– यार, क्या करें हमारी ड्यूटी ही ऐसी है। पहले ने दूसरे को सांत्वना दी।

उधर धनंजय अपने कमरे में ऊब रहा है। थोड़ी देर बेड पर लेटकर उसने आराम किया। फिर उठकर रूम में पीछे की ओर गया तो देखा उधर से एक दरवाज़ा है बाहर की ओर। धनंजय ने दरवाज़े की सिटकनी खोल कर देखा तो बाहर एक पगडंडी दिखी जो सामने घने जंगल में जा रही है। वह दरवाज़े से बाहर निकलकर पगडंडी पर चलने लगा। सामने देखा घने साल के वृक्ष कतार में खड़े हैं।

वह धीरे-धीरे जंगल की उस सुनसान पगडंडी पर चलने लगा। आस-पास वृक्षों के पत्तों की सरसराहट और कभी-कभी किसी चिड़िया की मधुर आवाज़। सन्नाटे के इस अद्भुत संगीत का अहसास उसे पहली बार हो रहा है। एक सच्चे सुकून की अनुभूति को शब्दों में बयान करना उसके लिए मुश्किल है। वह धीरे-धीरे चलता रहा, बस उसके साथ चल रहा है तो एकांत और जंगल का जादू। वह पता नहीं कितनी ही देर चलता रहा। फिर वह वापस लौटने लगा। जब वह लौटकर आया तो देखा बाहर जी.पी. उसका बेसब्री से इंतज़ार कर रहा है। उसे देखते ही बोला –

सर, कहाँ चले गए थे। वी आर वेरी वरिड सर। मैंने सिक्युरिटी के लोगों को आस-पास दौड़ा दिया है। धनंजय ने कोई जवाब नहीं दिया। वह अभी भी जंगल के एकांत में डूबा है। जी.पी. ने फिर कहा –

आइए सर, लंच कर लीजिए। वे दोनों डाइनिंग रूम में पहुँच गए। रेस्ट हाउस के खानसामा ने वहीं तैयार किया सादा-शाकाहारी खाना लगा दिया। उन दोनों का खाना समाप्त होने तक वन विभाग का अधिकारी और सुरक्षाकर्मी लौट आए। खाना समाप्त कर उठते हुए धनंजय ने खानसामा और वन विभाग के अधिकारी को देखा।

हमारे सुरक्षाकर्मियों को जल्दी खाना खिला दीजिए। फिर जी.पी. की ओर देखकर कहा –

जी.पी. जब सबका खाना हो जाए तो बताना हम वापस चलेंगे।

जी, सर। जी.पी. ने कहा और लगा वह रिलैक्स हो गया।

अगले पंद्रह मिनट बाद उनका काफ़िला फिर शहर की ओर लौट रहा है। जब वे शहर की सीमा में प्रविष्ट हुए तो शाम हो रही थी। धनंजय ने कहा कि मंत्रालय चलेंगे। गाड़ी में साथ बैठे सुरक्षाकर्मी ने आगे चल रहे पायलट वाहन को वायरलैस सेट से सूचना दी और मुख्यमंत्री का काफ़िला मंत्रालय की ओर मुड़ गया।

मंत्रालय पहुँचकर जब वह अपने चेम्बर में पहुँचा तो कुछ ही देर में मुख्य सचिव, केशव और जया आ गए। मुख्य सचिव ने उसके स्वास्थ्य को लेकर चिंता जाहिर की –

सर, अब कैसा स्वास्थ्य है आपका। धनंजय ने कहा –

अब काफ़ी ठीक है। सामने बैठे केशव और जया ने चैन की साँस ली। क्योंकि इस पूरे मामले को लेकर अम्माँ जी ने दिन में उन दोनों की अच्छी-खासी खिंचाई की है। धनंजय ने मुख्य सचिव रेड्डी से पूछा – आज और कुछ तो नहीं है?

– है, सर आज पटवर्धन जी ने कुछ ट्रांसफ़र के लिए नाम दिए हैं। हम प्रस्ताव तैयार कर रहे हैं। आप एक बार सूची देख लीजिए। इतना कहकर उन्होंने एक सूची धनंजय को दी। इस बीच जया जाने के लिए उठ गई। धनंजय सूची को ध्यान से देखने लगा। फिर उसने पूछा –

ये क्या गृह, परिवहन, खनिज और वाणिज्यिक कर के प्रमुख सचिवों को बदल रहे हैं।

– जी सर, पटवर्धन जी का प्रस्ताव है। कह रहे थे पार्टी चाहती है। उन्होंने स्पष्टीकरण दिया। धनंजय ने इंटरकॉम पर पी.ए. से कहा अम्माँ से बात कराइए। कुछ देर बाद अम्माँ जी लाइन पर हैं। उन्होंने उधर से कुछ पूछा तो धनंजय ने कहा –

– जी, अम्माँ हम बिलकुल ठीक हैं। ये प्रस्ताव आपकी जानकारी में है। उधर से कुछ कहा गया। फिर धनंजय ने कहा –

अम्माँ, ये चारों एक साथ, क्या ठीक रहेगा। उधर से अम्माँ ने कुछ समझाया।

– ठीक है, अम्माँ हम करते हैं। फिर उसने फ़ोन रख दिया। फिर मुख्य सचिव की ओर मुख़ातिब हुआ –

रेड्डी जी, क्या नए चारों ऑफ़िसर्स ठीक रहेंगे?

– हाँ सर, ठीक रहेंगे। मुख्य सचिव ने कहा।

– तो ठीक है फिर आदेश जारी कर दें।

– ठीक है सर, आप जाना चाहे तो जाएँ। हम फ़ाइल पर बाद में स्वीकृति ले लेंगे। मुख्य सचिव ने सुझाया, धनंजय इस पर सहमत हो गया।

मुख्य सचिव के जाने के बाद धनंजय भी केशव के साथ महल के लिए निकल गया। कुछ देर मीडिया में ब्रेकिंग न्यूज चलने लगी। मुख्यमंत्री के अज्ञातवास का परिणाम, राज्य सरकार के चार विभागों के प्रमुख सचिव बदले गए।

<hr />

अगले दिन जब सुबह धनंजय सोकर उठा तो हाथ का दर्द ख़त्म हो चुका था। सुबह जब वह तैयार हो रहा है तभी केशव का कॉल आ गया। केशव ने कहा –

– भाई, आज तो मीडिया में छा गए हैं। बड़ी प्रशासनिक सर्जरी का समाचार सब जगह है।

– लगता है अज्ञातवास का असर है। धनंजय ने परफ़्यूम स्प्रे करते हुए कहा।

– हाँ, अब आज का क्या प्लान है। केशव ने पूछा।

– मंत्रालय पहुँचो फिर बताता हूँ। धनंजय ने कहा।

जब वह ब्रेकफ़ास्ट के लिए पहुँचा तो देखा अम्माँ भी वहाँ तैयार बैठी हैं। उसने उनका आशीर्वाद लिया। फिर पूछा –

अम्माँ, आज इतनी जल्दी तैयार हैं। अम्माँ ने उसे ऑरेंज जूस का गिलास देते हुए कहा।

– आज पार्टी कार्यालय जाना है। तुम्हें भी चलना है। वहाँ थोड़ी देर ठहर कर तुम मंत्रालय चले जाना।

– ठीक है अम्माँ जैसा आप कहें। उसने जूस का एक सिप लेने के बाद कहा।

ब्रेकफ़ास्ट के बाद वो दोनों पार्टी कार्यालय पहुँचे। पटवर्धन जी भी उनके साथ ही हैं। पार्टी कार्यालय में मुख्यमंत्री के रूप में पहली बार पहुँचने पर धनंजय का भारी उत्साह से स्वागत किया गया। पार्टी कार्यकर्ता जोश से भरे हैं। वहाँ धनंजय ने कहा कि पार्टी के कार्यकर्ता उसकी सरकार की नींव हैं। पार्टी कार्यकर्ताओं को सम्मान मिलना चाहिए। उनकी अपेक्षाओं के अनुरूप काम करना सरकार की प्राथमिकता है। अम्माँ भी धनंजय के प्रदर्शन से प्रसन्न लग रही हैं।

कुछ देर बाद धनंजय के वाहनों का काफ़िला मंत्रालय के लिए निकल पड़ा। जब वह मंत्रालय पहुँचा तो दोपहर हो चुकी है। कक्ष में जाकर बैठा तो दरबान ने बताया -

पुलिस महानिदेशक मिलने के लिए इंतज़ार कर रही हैं। धनंजय ने भेजने को कहा। कुछ देर बाद पुलिस महानिदेशक सुधा उनके सामने बैठी हैं। उसने कहा -

हाँ, बताइए।

- सर, वो हनी ट्रैप वाली रिपोर्ट तैयार हो गई है। सुधा ने कहा।

- बताइए। सुधा ने एक मोटी सी फ़ाइल निकाल कर मेज़ पर रख दी।

- इसमें प्रमाण भी है? धनंजय ने पूछा।

- हाँ, सर हरेक केस के साथ सी.डी. भी लगी है। सुधा ने बताया।

- कितने मंत्रीगण जमा हैं इस फ़ाइल में? धनंजय ने पूछा।

- सर, वरिष्ठ मंत्रियों में से अधिकांश शामिल हैं। संध्या ने बताया।

- ओ.के.। आप फ़ाइल छोड़ जाएँ। धनंजय ने कहा। सुधा फिर उसका अभिवादन कर कक्ष से बाहर निकल गईं।

धनंजय ने उस मोटी सी फ़ाइल को फिर एक बार देखा। फिर सोचने लगा। इन नेताओं को फँसाना क्या इतना आसान है या ये सत्ता के नशे में अंधे हो जाते हैं। उसने फ़ाइल को उठाकर ड्रॉज में रख दिया। कुछ देर बाद उसने पी.ए. को इंटरकॉम पर केशव को बुलाने को कहा। केशव जब आया तो उसने कहा -

- केशव इस हनी ट्रैप कांड के बारे में जानते हो?

- हाँ, भाई। इस हमाम में सब नंगे हैं। केशव ने बैठते हुए कहा।

- हाँ, पर पता नहीं कब से चल रहा है यह?

– पता नहीं लंबे समय से चल रहा होगा। केशव ने कहा।

– हमें इस बारे में अम्माँ से बात करनी होगी। धनंजय ने निर्णयात्मक स्वर में कहा।

– ठीक है। केशव ने कहा।

कुछ देर बाद उसने मुख्य सचिव रेड्डी को बुलवाया। रेड्डी जब कक्ष में आए तो उसने पूछा – कलेक्टर-एस.पी. वाली रिपोर्ट तैयार हो गई है क्या?

– जी सर, तैयार है। रेड्डी ने एक फ़ोल्डर उसे देते हुए कहा। धनंजय रिपोर्ट को पढ़ने लगा। अधिकांश जिलों में कलेक्टर और एस.पी. किसी बड़े जनप्रतिनिधि की सिफ़ारिश पर नियुक्त हुए हैं। प्रत्यक्ष में उसने पूछा –

– एक बात और बताइए। क्या यह सच है कि इन सब नियुक्तियों में बड़ी धनराशि का लेन-देन हुआ है।

– हाँ सर, इट इज अ फ़ैक्ट। यह हुआ है। पर इन नियुक्तियों में दो तरह का भ्रष्टाचार है। एक तो धन का, दूसरा जिन जनप्रतिनिधियों ने नियुक्ति कराई है, वे ग़लत काम भी इन अधिकारियों से कराते हैं। रेड्डी ने पूरी प्रक्रिया खोलते हुए कहा।

– हाँ और फिर जो लोग लाखों रुपये देकर पोस्टिंग पाते हैं, वो अपने लिए भी तो कमाते होंगे।

– हाँ, यह बात तो है। मुख्य सचिव रेड्डी ने कहा।

– इस प्रॉब्लम का सोल्युशन क्या हो सकता है? धनंजय ने पूछा। रेड्डी ने कुछ देर सोचकर जवाब दिया।

– इसका तो एक ही समाधान है। जिलों में ईमानदार और कर्मठ अधिकारियों की नियुक्ति की जाए। इससे जिला स्तर पर प्रशासन में भी सुधार होगा। जिसका सीधा प्रभाव ग़रीब और आम जनता पर होगा जिससे राज्य शासन के बारे में भी लोगों में बेहतर धारणा बनेगी।

– बात तो आपकी सौ फ़ीसदी सही है क्योंकि मैदानी स्तर पर भ्रष्टाचार एक गंभीर समस्या बन गई है। धनंजय ने कहा। इस वक़्त वह किसी आदर्शवादी नेता की तरह सोच रहा था। उसने आगे कहा –

आप इसका एक पूरा ड्राफ़्ट तैयार करिए। हम पार्टी में भी इस बारे में बात करते हैं।

– जी सर। रेड्डी ने सहमति व्यक्त की। इसके बाद और कुछ सामान्य फ़ाइलों पर चर्चा करने के बाद वह चले गए।

धनंजय ने कुछ देर बाद जया को बुलाया और उससे अगले कुछ समय में किए जा सकने वाले कार्यक्रमों की जानकारी माँगी। जया ने बताया –

सर, किसानों का एक बड़ा सम्मेलन प्लान किया है। इसमें किसानों को कृषि से जुड़ी अलग-अलग योजनाओं का लाभ दिलाया जाएगा।

धनंजय ने पूछा – यह कार्यक्रम कहाँ किया जाएगा?

– सर, यह प्रदेश के एक बड़े ग्रामीण कस्बे में किया जाएगा जो आस-पास के बड़े गाँवों से जुड़ा है। जया ने बताया।

– इसमें आस-पास के जिलों से किसानों को लाया जाएगा। यह एक बड़ी इवेन्ट होगी जिसकी मीडिया में वाइड पब्लिसिटी की जाएगी। जया ने आगे बताया।

– ठीक है। केशव के साथ मिलकर इसे प्लान करो। धनंजय ने इतना कह कर बात को समाप्त किया।

जब धनंजय शाम को महल जा रहा है तो सोच रहा है, अम्माँ से ट्रांसफ़र-पोस्टिंग वाली समस्या के बारे में बात करना होगी। रात के वक़्त डिनर के बाद वह अम्माँ से बात करने उनके कमरे में गया। अम्माँ ने उसे देखते ही कहा –

– आओ बेटा, और कैसा लगा रहा है अब?

ठीक लग रहा है अम्माँ। एक बात पूछना है आपसे? धनंजय ने अम्माँ के पास बैठते हुए कहा। अम्माँ ने उसके सिर के घने बालों में हाथ फेरते हुए कहा – पूछो।

– अम्माँ, इस ट्रांसफ़र पोस्टिंग के काम में इतना भ्रष्टाचार क्यों है? उसने पूछा। अम्माँ ने कुछ पल सोचा, फिर कहा।

– धनंजय, यह सिस्टम है। हमें भी पार्टी चलानी होती है। पार्टी फ़ंड के लिए भी पैसा चाहिए होता है।

– पर अम्माँ जब ये अधिकारी पैसा देकर पोस्टिंग कराते हैं तो इनसे जनता के हित में काम करने की उम्मीद कैसे की जा सकती है। और जब जनता के काम नहीं होंगे तो सरकार और पार्टी दोनों की इमेज ख़राब होगी ही। धनंजय ने अपने मन में शाम से घूम रही बात कही।

- बात तो तुम्हारी कुछ हद तक सही है। इस तरह के सिस्टम से नीचे तक के अमले में भ्रष्टाचार फैलता है। इतने सालों से ऐसी ही चल रहा है। अभी तक तो इसका कोई विकल्प मिला नहीं है। अम्माँ ने राजनीतिक चतुराई से बात की।

- ठीक है, इसके विकल्पों पर हम सोचते हैं, आप भी सोचिए। अम्माँ ने इतना कहकर बात समाप्त की। इसके बाद धनंजय कुछ देर और अम्माँ के पास रुका। फिर अपने रूम में आ गया। रात काफ़ी देर तक उसे नींद नहीं आई। कुछ देर तक इस समस्या का हल सोचने की कोशिश करता रहा। फिर नींद के चक्कर में फँस गया।

## 5

अगले दिन जब वह सुबह सोकर उठा तो उसे थकान सी लग रही है। इस वजह से वह बिस्तर में ही आलस्य से पड़ा हुआ है। इसी बीच सुबह केशव का फ़ोन आ गया। आज पास के जिले में एक कार्यक्रम निर्धारित है, जिसमें धनंजय को फ़सल बीमा की राशि वितरित करना है। इसके लिए उसे सुबह 10 बजे तक एयरपोर्ट पहुँचना है। जहाँ से वह सरकारी हेलीकॉप्टर से कार्यक्रम वाले गाँव तक पहुँचेगा। उसके साथ जाने वालों में केशव और जया होंगे। उसने केशव को कहा वह समय से पहुँच जाएगा।

केशव जब एयरपोर्ट पहुँचा तो केशव और जया उसकी प्रतीक्षा कर रहे थे। कुछ देर बाद वे लोग हेलीकॉप्टर से कार्यक्रम के लिए रवाना हुए। हेलीकॉप्टर में जया ने धनंजय को कार्यक्रम के लिए टॉकिंग पॉइंट दिए। धनंजय ने उन्हें एक बार देख लिया। फिर केशव से अगले एक सप्ताह का कार्यक्रम बनाने को कहा।

आधे घंटे बाद उनका हेलीकॉप्टर जब लैंड होने वाला था, तो उसने देखा कार्यक्रम स्थल पर लोगों और वाहनों की बड़ी संख्या दिखाई दे रही है। लैंड होने के बाद वो कुछ ही मिनटों में कार्यक्रम स्थल पहुँच गए क्योंकि हेलीपेड कार्यक्रम स्थल के पास ही बनाया गया था। उसके पहुँचते ही वहाँ मौजूद किसान जोश से भर गए और ज़िंदाबाद के नारे लगाने लगे। उसने मंच पर पहुँचकर लोगों को हाथ हिलाकर अभिवादन किया। फिर वह मंच पर लगी कुर्सी पर बैठ गया। उसके पास क्षेत्रीय सांसद और विधायक बैठे हैं।

उनके बैठते ही संचालक ने कार्यक्रम शुरू कर दिया। उनके धनंजय की तारीफ़ करने के बाद स्वागत की प्रक्रिया शुरू कर दी। सांसद-विधायक सहित कोई क्षेत्र के सौ जनप्रतिनिधियों ने उसका स्वागत हार पहनाकर किया। सांसद के संक्षिप्त से भाषण के बाद संचालक ने मुख्यमंत्री धनंजय को भाषण के लिए आमंत्रित कर लिया। धनंजय मंच पर लगे डायस पर पहुँचा और

माइक ठीक किया। अपने सामने बैठे हज़ारों किसानों को देखा। फिर उसने माइक से जय-जवान जय-किसान का नारा लगाया। किसानों ने जोश से भर कर उसका साथ दिया। इसके बाद धनंजय ने अपना भाषण शुरू किया –

भाइयों और बहनों ! देश और प्रदेश के विकास में किसानों का बड़ा योगदान है। किसान हमारे अन्नदाता हैं। हम सब के लिए अनाज का उत्पादन करते है। वो कड़ी मेहनत करते हैं। हम उनकी मेहनत को प्रणाम करते हैं। फ़सल बीमा उनके लिए सुरक्षा की छतरी है। यह उन्हें मौसम की अनिश्चितता से बचाएगी। कार्यक्रम में उपस्थित किसान उसकी बातें ध्यान से सुन रहे हैं। उसने आगे कहना शुरू किया।

– भाइयों! हमारी सरकार आपके साथ हर क़दम पर है। आपके ज़िंदगी को खुशहाल बनाना हमारा लक्ष्य है ... इसी तरह की और कुछ बातों के बाद उसका भाषण समाप्त हुआ। इसके बाद संचालक ने घोषणा की कि मुख्यमंत्री जी अब कुछ किसानों को फ़सल बीमा राशि के चेक वितरित करेंगे। वो एक-एक कर मंच पर आएँगे और मुख्यमंत्री से चेक प्राप्त करेंगे। इसी के साथ वह एक-एक कर माइक से किसानों के नाम लेने लगा। धनंजय और उसके साथ सांसद मंच पर खड़े हो गए। धनंजय ने देखा मंच पर एक बूढ़ा किसान आ रहा है। पास आने पर उसने देखा उसके कपड़े काफ़ी पुराने और फट रहे हैं। वह बेहद ग़रीब और दीन-हीन लग रहा है। कलेक्टर ने धनंजय को चेक दिया, उसने वह चेक किसान को दिया, किसान ने दोनों हाथ जोड़ दिए। धनंजय ने किसान से पूछा – कैसे हो दादा? पर किसान कुछ बोल नहीं पाया बस हाथ जोड़ कर चला गया। उसके बाद इसी तरह से तीन-चार किसान और आए उससे चेक ले कर चले गए। सभी की स्थिति दीन-हीन सी है। इसके बाद कार्यक्रम समाप्त हो गया।

धनंजय अब केशव और जया के साथ हेलीपेड की ओर चल पड़ा। अब उसका हेलीकॉप्टर राजधानी के लिए टेक ऑफ़ हो गया। हेलीकॉप्टर में धनंजय ने केशव से कहा –

केशव, इन किसानों की हालत तो बहुत ख़राब लग रही थी?

– हाँ, बेहद ग़रीब लग रहे थे। केशव ने कहा।

– सर, यह इलाक़ा बेहद ग़रीब है। मुश्किल से साल में चार महीना निकाल सकें इतना ही अनाज पैदा कर पाते हैं। जया ने बताया।

- क्या हम इनके लिए कुछ नहीं कर सकते। धनंजय ने कहा। वह सचमुच चाह रहा है इन किसानों की स्थिति सुधरे। जया ने कहा –

सर, क्यों नहीं कर सकते? कर सकते हैं। पर हर सरकार की प्राथमिकता सूची में ये सबसे नीचे होते हैं। इसलिए कुछ नहीं होता।

- जया तुम इसके लिए कुछ प्रोजेक्ट बनाओ। धनंजय ने कहा।

- जी, सर। जया ने कहा। इसके बाद हेलीकॉप्टर में चुप्पी छा गई।

- आधे घंटे बाद उनका हेलीकॉप्टर राजधानी के एयरपोर्ट पर लैंड हो गया।

⚜

अगले दिन धनंजय ने महल में दिन भर आराम किया। ना तो वह मंत्रालय गया और ना कोई कार्यक्रम ही रखा। केशव को कह कर उसने प्रोग्राम सेक्शन को निर्देश दिलवाए कि उस दिन को रिज़र्व रखा जाए। उस दिन को वह अपनी सुविधा से व्यतीत करना चाहता है।

दोपहर बाद उसने केशव और जया को महल बुलाया। केशव को कहा कि वह मंत्रालय जाकर हनी ट्रैप स्कैम वाली फ़ाइल लेता आए। जया को भी किसानों के संबंध में तैयार किए प्रोजेक्ट को लेकर आने को कहा। कुछ देर बाद पहले केशव आया उसने धनंजय को हनी ट्रैप स्कैम वाली रिपोर्ट सौंप दी। उसके कुछ मिनट बाद आई जया ने उसे 'ग़रीब किसानों का उद्धार' शीर्षक की एक प्रोजेक्ट रिपोर्ट सौंपी। केशव ने जया से कहा – शॉर्ट में बताएँ इस रिपोर्ट में क्या है? जया ने कहा –

इस रिपोर्ट में किसानों की मूलभूत ज़रूरतों को उन्हें उपलब्ध कराने पर ज़ोर दिया गया है। ये ज़रूरतें पूरी हो जाएँ तो वे स्वयं अपना जीवन स्तर उपर उठाने के प्रयास कर लेंगे।

- अच्छा ठीक है, इसे छोड़ जाओ। मैं इसकी स्टडी कर लेता हूँ। फिर कल चर्चा करेंगे। धनंजय ने कहा।

- ठीक है सर। जया ने कहा। धनंजय ने जया की ओर देखते हुए कहा-

- वैसे जया मैं तुम्हें सी.एम. सेक्रेटिएट में शिफ़्ट करने की सोच रहा हूँ। तुम्हारा क्या विचार है?

- जैसा आप ठीक समझें। जया ने अपनी सहमति दी।

कुछ देर बाद केशव भी चला गया। लंच के बाद धनंजय दोनों फ़ाइलों को लेकर स्टडी चला गया। वह पहले ग़रीब किसानों के प्रोजेक्ट की फ़ाइल देखने लगा। इसे पढ़ने से लग रहा है। जया ने इसे बनाने में मेहनत की है।

फिर उसके बाद वह हनी ट्रैप स्कैम से जुड़ी फ़ाइल पढ़ने लगा। इस फ़ाइल में अलग-अलग व्यक्ति से संबंधित जानकारी अलग-अलग कवर में दी गई है। पूर्व मुख्यमंत्री से जुड़ी जानकारी पढ़ने के बाद उसे लगा उनके साथ जो हुआ कम ही हुआ। फिर कुछ वर्तमान मंत्रियों के बारे में पढ़ने लगा। उसे सब के सब आला दर्जे के चरित्रहीन लग रहे हैं, इस जानकारी को पढ़ने के बाद। पन्ने पलटते-पलटते वह आख़िर में पहुँचा तो पटवर्धन जी का नाम देखकर रुक गया। क्या वह भी इस हमाम में नंगे खड़े हैं। उसने पढ़ना शुरू किया। पटवर्धन जी के कारनामे पढ़ते-पढ़ते उसे भरोसा नहीं हुआ कि वे भी इस सब में शामिल हो सकते है। उसने इस संबंध में पुलिस महानिदेशक सुधा से बात करने का फ़ैसला किया।

उसने महल के पर्सनल स्टाफ़ को सुधा को बुलाने का निर्देश दिया। अगले आधे घंटे बाद पुलिस महानिदेशक सुधा उसके महल के ऑफ़िस में उसकी प्रतीक्षा कर रही है। वह ऑफ़िस में पहुँचा तो वह सम्मान स्वरूप खड़ी हो गई। उसने बैठते हुए उसे बैठने का संकेत किया। फिर उसने कहा -

मैंने हनी ट्रैप वाली फ़ाइल की स्टडी की है। क्या इसमें दी गई जानकारी के बारे में आप श्योर हैं?

- सौ फ़ीसदी सर। मैंने खुद दोबारा सारी रिकॉर्डिंग चेक की है। सुधा ने दृढ़ता से कहा।

- ठीक है। विश्वास नहीं होता हमारे नेता इतने गिर चुके हैं। धनंजय ने कहा। सुधा चुप रही। उसे कुछ भी कहना मुनासिब नहीं लगा। धनंजय ने फिर कहा।

- इसमें पटवर्धन जी की जानकारी भी है। क्या वह सही है?

- हाँ सर, सही है। ही इज इनवॉल्व इन दिस स्कैम। सुधा ने कहा।

- ओह। धनंजय ने कहा।

- अच्छा, हम इस पर कल बात करते हैं, क्या करना है। धनंजय ने मुलाक़ात को समाप्त किया। वह सोच रहा है, इस बारे में पहले अम्माँ से बात करनी होगी।

रात को डिनर के बाद वह महल के लॉन में टहलने लगा। दिन भर से महल में रहने के कारण उसे लॉन में खुला माहौल अच्छा लग रहा है। कुछ देर टहलने के बाद वह महल में अम्माँ के रूम में गया। अम्माँ के पास बैठने के बाद उसने कहा –

अम्माँ, हमने आज दिन भर हनी ट्रैप स्कैंडल की फ़ाइल देखी।

– अच्छा। अम्माँ ने सहज स्वर में कहा।

– हमारे बहुत से बड़े नेता उसमें शामिल हैं। उसने बताया।

– हमें पता है। अम्माँ ने कहा।

– आप सब जानती हैं। पर आपको यह पता है पटवर्धन जी का नाम भी इसमें है। उसने इस तरह कहा जैसे कोई रहस्य खोल रहा हो।

– हमें यह भी पता है। अम्माँ ने पहले की तरह ठंडे स्वर में कहा।

– आपको पता है। धनंजय ने आश्चर्य से कहा।

– हाँ हमें पता है। अम्माँ ने फिर कहा।

– क्या आपको यह भी पता है कि पटवर्धन जी के कई अवैध संबंध हैं? धनंजय ने कहा।

– हमें सब पता है बेटा। अम्माँ ने पहले की तरह कहा।

– फिर भी आपने कुछ नहीं किया? पटवर्धन जी हमारे यहाँ बने हुए हैं? धनंजय ने पूछा।

– हमने कुछ नहीं किया। सब कुछ जानते हुए भी कुछ नहीं किया। क्योंकि पटवर्धन जी हमारी ज़रूरत हैं। बस, अब इस विषय पर और कोई बात नहीं होगी। अम्माँ ने निर्णयात्मक स्वर में कहा।

उसके कुछ देर बाद धनंजय चुपचाप उठकर अपने रूम में आ गया। वह काफ़ी देर तक सोचता रहा कि ऐसी क्या ज़रूरत हो सकती है कि पटवर्धन जी अम्माँ के लिए अपरिहार्य हो गए।

❦

इस बात के अगले दिन धनंजय जब मंत्रालय पहुँचा तो हमेशा की तरह जी.पी. और मुख्य सचिव रेड्डी हाज़िर हो गए। जी.पी. कुछ फ़ाइलें लेकर आया है। धनंजय ने फ़ाइलें हस्ताक्षर कर दीं। आज उसका मन काम में नहीं

लग रहा है। मुख्य सचिव ने उससे जया की नियुक्ति मुख्यमंत्री सचिवालय में करने के संबंध में पूछा। धनंजय ने अपनी सहमति दे दी। जी.पी. और मुख्य सचिव रेड्डी दोनों कुछ देर बाद चले गए।

उनके जाने के कुछ देर बाद केशव आया। केशव ने उससे कहा –

भाई, एक कार्यक्रम है आज जिसमें चलना है।

– केशव, मना कर दो आज मूड नहीं है। धनंजय ने अनिच्छा से कहा।

– भाई, छोटा सा कार्यक्रम है। समाज का एक बड़ा वर्ग इससे जुड़ा। जाना ठीक रहेगा। केशव ने कहा।

– क्या कार्यक्रम है? धनंजय ने पूछा।

– समाज के जाने-माने संत हैं। वहे पदयात्रा करते हुए आ रहे हैं। हमारे यहाँ दशहरा मैदान पर कार्यक्रम है। हमें इनकी अगवानी करना है। केशव ने बताया।

– ठीक है। कितने बजे चलना है? धनंजय ने पूछा।

– तीन बजे चलते हैं। केशव ने बताया।

– ठीक है। धनंजय ने कहा।

– ना हो तो इस बीच महल जाकर आराम कर लो। केशव ने उसका मूड देखकर सुझाव दिया।

– नहीं, महल नहीं जा रहा हूँ। यहीं थोड़ी देर रेस्ट कर लेता हूँ। धनंजय ने उठते हुए कहा। वह एंटी चेम्बर की ओर बढ़ गया। एंटी चेम्बर मुख्यमंत्री के कक्ष से लगा चेम्बर है जिसमें मुख्यमंत्री के आराम करने के लिए एक कोच तथा सोफ़ा डला है। मुख्यमंत्री इस चेम्बर का उपयोग लंच करने के लिए भी करते हैं। केशव भी उठकर चला गया। बाहर जाते-जाते वह दरबान को बता गया कि धनंजय जब तक बुलाए नहीं कोई अंदर नहीं जाए।

केशव ठीक तीन बजे आया तो देखा धनंजय चेम्बर में बैठा है। उसका मूड पहले की अपेक्षा ठीक है। उसे देखते ही धनंजय ने कहा – चलें। केशव ने कहा – बस दो मिनट रुको। उसने सेलफ़ोन से आयोजकों से बात की। फिर पाँच मिनट बाद मुख्यमंत्री का काफ़िला दशहरा मैदान के लिए निकल पड़ा।

जब उनका काफ़िला दशहरा मैदान पहुँचा आयोजकों ने उसका स्वागत किया। देखा वहाँ एक बड़ा शामियाना लगा है जिसमें समाज ने जुड़े हज़ारों

लोग बैठे हैं। आयोजकों ने बताया कि संत जी आने ही वाले हैं। अभी वह दो-तीन किलोमीटर दूर हैं, यहाँ तक आने में पंद्रह मिनट लग जाएँगे क्योंकि वे पदयात्रा करते हुए आ रहे हैं। धनंजय ने सोचा अब यहाँ प्रतीक्षा करना पड़ेगी। फिर उसने कहा - केशव ऐसा करते हैं संत जी जहाँ हैं, वहीं से उनकी अगवानी करके उनके साथ आएँ तो कैसा रहेगा?

- भाई ठीक रहेगा। केशव ने अनिच्छा से कहा।

कुछ देर बाद उनका काफ़िला उस तरफ़ चल पड़ा जिधर से संत जी आ रहे हैं। थोड़ी देर जा कर उनका काफ़िला एक चौराहे पर रुक गया। धनंजय और केशव वही रुक कर संत जी की प्रतीक्षा करने लगे। उसके सुरक्षाकर्मी भी उनके आस-पास आकर खड़े हो गए। कुछ ही समय बीता होगा कि सामने से संत जी अपने अनुयायियों के साथ पैर-पैर आते दिखे। नज़दीक आने पर धनंजय ने देखा श्वेत, वस्त्रधारी महात्मा संत जी श्वेत केश, श्वेत लंबी दाढ़ी में त्यागी और गरिमामय लग रहे हैं। धनंजय उनके सम्मुख नतमस्तक हुआ। फिर उसने पीछे खड़े सुरक्षाकर्मी से लेकर उनके पैरों में पुष्प चढ़ाए। उसने देखा नंगे पैर चलने से उनके पैर धूल से भरे और रूखे से हैं। उसने पीछे मुड़कर केशव से कहा -

हम भी साथ में चलेंगे। केशव रोकना चाहता था, पर तब तक धनंजय संत जी के साथ चलने लगा था। यह देखकर संत जी के अनुयायी हर्ष से नारे लगाने लगे। मीडिया से जुड़े कैमरामैन और फ़ोटोग्राफ़र भी इस क्षण को अपने कैमरों में क़ैद करने लगे। केशव को भी लगा अब धनंजय धीरे-धीरे पक्का राजनीतिज्ञ बनने लगा है। जो अपनी इमेज को अच्छी बनाने का कोई मौक़ा नहीं खोता। वह भी पीछे-पीछे चलने लगा। तपती गर्मी का मौसम है। इस मौसम में सड़क भी तप रही है। ऐसे मौसम में सड़क पर चलना आसान नहीं है। संत जी को तो बरसों की आदत है। पर धनंजय के लिए मुश्किल हो रही है। पर वह जैसे-तैसे चलता रहा। आख़िरकार कार्यक्रम स्थल आ गया। स्वागत के बाद संत जी मंच पर अपनी गादी पर बैठ गए जहाँ से उन्हें प्रवचन देना है। धनंजय भी मंच पर बैठा है। केशव ने देखा धनंजय का चेहरा उतर गया है। शायद धूप में चलने के कारण हो। फिर थोड़ी देर बाद फिर देखा शायद धनंजय को कोई तकलीफ़ है। खैर जल्दी ही धनंजय ने संत जी का स्वागत किया। डायस पर जाकर संबोधित किया। और फिर संत जी का प्रवचन सुनने लगे। संत जी कह रहे हैं -

जीवन का प्रयोजन मानव मात्र की सेवा है। जो करें मन से करें। किसी को दुख नहीं पहुँचाएँ। मन, वचन, कर्म सब में पवित्रता का भाव रहे। ... इसी तरह की और बातें।

खैर जैसे प्रवचन समाप्त हुआ। धनंजय ने संत जी से अनुमति ली और वे लोग लौट पड़े। गाड़ी में बैठते ही धनंजय ने कहा - महल चलो। काफ़िला महल की ओर चल पड़ा। धनंजय ने जूते उतार दिए। फिर केशव से कहा -

जलन सी हो रही है। केशव ने उसे देखा, चेहरा लाल हो रहा था। धूप में चलने की आदत नहीं होने का परिणाम है। उसने डॉक्टर को फ़ोन कर दिया। जब वे महल पहुँचे तो धनंजय मुश्किल से चल पा रहा था। डॉक्टर ने चेकअप किया। फिर अपना अभिमत दिया।

- कुछ नहीं धूप में ज़्यादा एक्सपोज़र हो गया है। सन स्ट्रोक है, एक-दो दिन आराम करें। ये दवाइयाँ हैं जो दर्द कम करेंगी। जल्दी ही ठीक हो जाएँगे। उसने धनंजय को दवाइयाँ दीं। एक गोली निकालकर पानी के गिलास के साथ उसकी ओर बढ़ा दी। धनंजय ने गोली ले ली। फिर डॉक्टर चला गया। कमरे से धनंजय और केशव दोनों रह गए। केशव ने कहा -

भाई, आप बहुत जल्दी जोश में आ जाते हो। वह कहना चाहता है मूढ़ता करने लगते हो, पर ऐसा नहीं कहा।

- हाँ, अब ग़लती तो हो गई। धनंजय ने मान लिया।

- बस, अब आराम करो। केशव ने मित्रवत कहा और धनंजय के हाथ पर अपना हाथ रखकर सांत्वना दी।

- अच्छा मैं अभी चलता हूँ। शाम को आऊँगा। उसने कहा।

- ठीक है। धनंजय ने कहा।

- अम्माँ को बता दूँ क्या? केशव ने पूछा।

- नहीं अभी रहने दो। परेशान हो जाएँगी। धनंजय ने मना कर दिया। इसके बाद केशव चला गया। धनंजय आराम करने लगा।

# 6

उस दिन धनंजय का दौरा प्रदेश के दूसरे कोने में स्थित आदिवासी अंचल में था। हेलीकॉप्टर में उसके साथ जी.पी. है। इस समय वो कार्यक्रम के बाद वापस लौट रहे हैं। कार्यक्रम काफ़ी अच्छा रहा। बड़ी संख्या में आदिवासी आए थे। आदिवासियों की सहज जीवन शैली उसे हमेशा से आकर्षित करती रही है। शाम का वक़्त हो चला है, जिस वक़्त उनका हेलीकॉप्टर लैंड कर रहा है। एयरपोर्ट पर काफ़िले के साथ इस समय केशव भी आया है।

हेलीकॉप्टर से उतरकर जी.पी. ने उससे जाने की अनुमति ली। धनंजय भी मुख्यमंत्री के बुलेट प्रूफ़ गाड़ी में बैठ गया। केशव भी उसके साथ बैठ गया। उनका काफ़िला महल की ओर बढ़ गया। केशव ने बात शुरू की। उसने पूछा -

भाई, कार्यक्रम कैसा रहा?

- बहुत अच्छा। धनंजय ने बताया।

- हाँ, पी.आर.ओ. बता रहा था, भीड़ भी काफ़ी थी। केशव ने बताया।

- हाँ, तुम बताओ, और कोई ख़बर तो नहीं हैं? धनंजय ने पूछा।

- एक ख़बर है। राष्ट्रीय-अंतरराष्ट्रीय स्तर दोनों पर चल रही है।

- क्या है? उसने पूछा।

- किसी अज्ञात वायरस का संक्रमण हुआ है। जो कई देशों में फैल रहा है। इससे प्रभावित लोगों को श्वास लेने में दिक़्क़त होने लगती है। केशव ने बताया।

- हमारे यहाँ भी इसकी संभावना है क्या? धनंजय ने पूछा।

- अभी तक तो नहीं। पर केंद्र सरकार की एडवायज़री आई है। राज्यों को सतर्कता बरतने को कहा है। केशव ने जानकारी दी।

– ऐसा करो, कल सुबह मंत्रालय में स्वास्थ्य मंत्री और स्वास्थ्य के प्रमुख सचिव और आयुक्त को बुला लो। और इस बीच वायरस के बारे में ज़्यादा से ज़्यादा जानकारी निकालो। धनंजय ने कहा।

– ठीक है। केशव ने कहा। कुछ देर बाद वे महल पहुँच गए। केशव उन कामों में लग गया। धनंजय का इरादा अम्माँ से मिलने के बाद आराम करने का है। इस तरह के दौरे उसे थका देते हैं। वह अम्माँ के कक्ष की ओर चला गया।

अगले दिन मंत्रालय में वह निर्धारित समय पर पहुँचा। उसके कक्ष में पहुँचने के बाद जी.पी. आया। उसने बताया कि स्वास्थ्य मंत्री और विभाग के अधिकारी उसका इंतज़ार कॉन्फ्रेंस रूम में कर रहे हैं। महल से मंत्रालय आते वक़्त वह गाड़ी में वायरस के संबंध में केशव द्वारा तैयार की गई जानकारी सरसरी तौर पर देख चुका है।

धनंजय कॉन्फ्रेंस रूम में पहुँचा। उसने पहुँचने के बाद स्वास्थ्य विभाग के प्रमुख सचिव से मीटिंग शुरू करने को कहा। प्रमुख सचिव डॉक्टर जानकारी देने लगे –

सर, इस वायरस का आउटब्रेक विदेश से हुआ है। सर्दी-खाँसी और बुखार इसके लक्षण हैं। देश में अभी सीमा से लगे प्रदेश में इसके मरीज़ मिले हैं। हमारे यहाँ अभी कोई केस नहीं है। हमने एहतियातन एयरपोर्ट और रेल्वे स्टेशन पर यात्रियों की जाँच शुरू कर दी है।

– ठीक है। इस वायरस से बचाव के लिए जो उपाय हैं, उनके बारे में लोगों को अवेयर करना होगा। धनंजय ने कहा।

– सर, इसका विस्तृत प्लान बना लेते हैं। प्रमुख सचिव ने कहा।

– मंत्री जी, आपका क्या कहना है? आप संतुष्ट हैं तैयारियों से? धनंजय ने स्वास्थ्य मंत्री धनीराम जी से पूछा।

– हाँ, मुख्यमंत्री जी, हमारे विभाग की तैयारियाँ पूरी हैं। धनीराम जी ने कुर्सी पर हिलते हुए कहा।

– अच्छा फिर वायरस से क्या डरना? मच्छर का ही तो भाई है। धनीराम ने कहा।

– फिर भी सावधानी रखें। अलर्ट रहें। धनंजय ने कहा।

– बिलकुल हम सावधान हैं। पर डर नहीं रहे। स्वास्थ्य मंत्री ने कहा।

इसके बाद मीटिंग समाप्त हो गई। धनंजय ने अपने कक्ष में जाकर जया को बुलाया। जया ने मुख्यमंत्री सचिवालय में काम सँभाल लिया है। जया के आने पर उसने कहा –

जया, इस वायरस के बारे में आम जनता को जागरूक करने के लिए सूचना विभाग को काम पर लगा दो।

– जी, सर। मैं आज ही शुरू करा देती हूँ। जया ने कहा और लौट गई।

दोपहर के बाद धनंजय क वित्त और राजस्व से जुड़े अधिकारियों के साथ बैठक है। यह वित्त से जुड़े मामलों की महत्त्वपूर्ण बैठक है। इसमें उसका लगभग पूरा दिन लग गया। इसके बाद वह महल लौट गया।

अगले दिन जब धनंजय मंत्रालय पहुँचा तो उसने तुरंत मुख्य सचिव, स्वास्थ्य मंत्री और स्वास्थ्य विभाग के अधिकारियों को बुलाने को कहा। सुबह उसके पास मैसेज आया था कि राज्य में वायरस से प्रभावित पहला संभावित केस आया है। यह विदेश से लौटा एक छात्र है, जो हॉस्पिटल पहुँचा है। इसके लक्षण वायरस से प्रभावित लग रहे हैं। यह प्रदेश के सबसे बड़े महानगर में पाया गया है। उसे अस्पताल में आइसोलेशन वार्ड में रख दिया गया है।

धनंजय जब मीटिंग में पहुँचा तो देखा कि सब लोग आ गए हैं। जया और केशव भी मीटिंग में बैठे हैं। उसने सीधे मुख्य सचिव से पूछा क्या स्थिति है। मुख्य सचिव रेड्डी ने बताया –

सर! पहला केस है। उससे संपर्क में आने वाले लोगों की हिस्ट्री निकाली जा रही है। इन सभी की भी जाँच करनी होगी।

– ठीक है। जल्दी कराइए। धनंजय ने कहा। इस बीच स्वास्थ्य विभाग के प्रमुख सचिव ने कहा।

– सर, हमने बाक़ी महानगरों में भी अलर्ट कर दिया है। सभी जगह तैयारियाँ शुरू कर दी हैं।

– पर मेरा मानना है कि दहशत में आने की ज़रूरत नहीं है। यह स्वास्थ्य मंत्री धनीराम है।

– पर सावधानी तो ज़रूरी है। मुख्य सचिव रेड्डी ने कहा।

– सावधानी रखेंगे। पर डरेंगे नहीं। स्वास्थ्य मंत्री ने कहा।

– आप यह देखिए कि दवाइयाँ और पर्याप्त उपकरण हैं या नहीं? धनंजय ने कहा।

– बिलकुल, मुख्यमंत्री जी हमने इसका आकलन कर लिया है। मंत्री जी ने खुश होते हुए कहा क्योंकि इसमें उन्हें ख़रीदी के अवसर दिखाई दे रहे हैं। प्रमुख सचिव ने एक प्रपत्र दिया। जिसे मंत्री जी ने धनंजय की ओर बढ़ा दिया। धनंजय ने उसे देखा और फिर मुख्य सचिव को दे दिया।

– स्वास्थ्य विभाग को इसके लिए अतिरिक्त बजट उपलब्ध करा दिया जाए। प्रमुख सचिव ने कहा।

– वह हो जाएगा, आप तैयारियाँ शुरू कर दें। मुख्य सचिव रेड्डी ने कहा।

– तो ठीक है फिर इस दिशा में काम शुरू कर दीजिए। धन्यवाद। धनंजय ने मीटिंग समाप्त कर दी। वह अपने चेम्बर में जाकर बैठ गया। दरबान ने आकर बताया कि प्रदेश के अलग-अलग क्षेत्रों से आए कुछ विधायक मिलने की प्रतीक्षा कर रहे हैं। उसने उन्हें भेजने को कह दिया।

अगले एक घंटे तक वह अलग-अलग विधायकों से मिलता रहा। ये विधायक अपने-अपने क्षेत्र की समस्याओं के संबंध में आवेदन लेकर आए हैं। उसने आवेदनों को जी.पी. को देना शुरू किया। जब सारे विधायक चले गए तो उसने दरबान को कहा कि वह लंच मंत्रालय में ही करेगा। दरबान ने जाकर उसके पी.ए. को बताया। पी.ए. ने महल में केयर टेकर को फ़ोन कर बता दिया।

इस बीच केशव और जया उसके चेम्बर में आए। केशव ने बात शुरू की।

– भाई, हमारा मानना है इस वायरस वाले मामले में और अलर्ट होकर काम करना चाहिए।

– कैसे? उसने पूछा।

– हमें अपने प्रदेश में बाहर से आने वाले यात्रियों के मूवमेंट को नियंत्रित करना होगा। जया ने कहा।

– ऐसा पहले कभी हुआ है क्या? धनंजय ने पूछा।

– हमारे यहाँ तो नहीं। पर विश्व के कुछ देश इस तरह से कर रहे है। केशव ने बताया।

- मैं सोचता हूँ, अभी यह सब करना जल्दबाजी होगी। थोड़ रुक कर देखते हैं। धनंजय ने कहा।

- जैसा आप कहें सर। जया ने कहा और बात समाप्त हो गई।

धनंजय ने इस बारे में मुख्य सचिव रेड्डी से बात करने का सोचा। उसने पी.ए. को उसे बुलाने को कहा। कुछ ही मिनट बाद रेड्डी उनके सामने बैठे हैं। धनंजय ने उनसे पूछा।

- ये इस वायरस वाले मामले में की जा रही कार्रवाई से संतुष्ट हैं?

- जी सर, मुझे लगता है हमने समय रहते तैयारियाँ शुरू कर दी हैं। रेड्डी ने उसे आश्वस्त करते हुए कहा।

- फिर भी, और कुछ ज़रूरी समझें तो बताएँ। धनंजय ने कहा।

- नहीं सर, अभी और कुछ ज़रूरी नहीं लगता। रेड्डी ने कहा। इस पर धनंजय ने कहा।

- तो फिर ठीक है। लगातार अपडेट रहें। रेड्डी जाने के लिए उठ गए।

अगले दिन सुबह धनंजय ठीक से उठ भी नहीं पाया कि उसके लिए दो बुरी ख़बरें इंतज़ार कर रही हैं। उसके सेलफ़ोन पर मुख्य सचिव और जया के दो मैसेज हैं। उसने नौकर को चाय का कहकर मैसेज पढ़ना शुरू किया।

मुख्य सचिव रेड्डी ने मैसेज किया है कि प्रदेश के दो और शहरों में वायरस से प्रभावित 6 केस मिले हैं। इन व्यक्तियों को अस्पताल में भर्ती कर इनके संपर्क में आने वाले लोगों को ढूँढ़ा जा रहा है। जया ने अपने मैसेज में बताया कि वायरस से प्रभावित संदिग्ध पॉजिटिव दो मरीज़ों की प्रदेश के महानगर में मृत्यु हो गई है। उनके सैंपल जाँच के लिए राजधानी भेजे गए थे, जिसकी रिपोर्ट अब तक नहीं आई है।

धनंजय को महसूस होने लगा कि स्थिति गंभीर होती जा रही है। उसने केशव को फ़ोन कर तुरंत महल आने को कहा। इस बीच वह तैयार होने लगा। जब तक वह तैयार हुआ केशव आ गया था। धनंजय ने उससे कहा - वायरस के संक्रमण का नया डेवलपमेंट पता चला? केशव ने कहा -

हाँ, जया ने बताया। स्थिति गंभीर होती जा रही है।

- हमें जल्दी ही तैयारियाँ शुरू करना होंगी। धनंजय ने गंभीर होते हुए कहा। फिर उसने कहा -

आओ ब्रेकफ़ास्ट कर लेते हैं। और वो दोनों डाइनिंग रूम की ओर बढ़ गए। वहाँ अम्माँ अभी तक नहीं आई है। शायद उन्हें पूजा में आज देर हो गई है।

कुछ देर बाद मुख्यमंत्री का काफ़िला मंत्रालय की ओर जा रहा है। धनंजय ने इस बीच मुख्य सचिव रेड्डी को कहा दिया है कि राजधानी में इस समय जो भी वायरस से जुड़ी बीमारियों का सर्वश्रेष्ठ विशेषज्ञ हो उसे मंत्रालय बुला ले। वह उनसे बात करना चाहता है। वो जैसे ही मंत्रालय पहुँचे वह गाड़ी से उतरकर तेज़ी से लिफ़्ट की ओर बढ़ गया। लिफ़्टमैन भी उन्हें देखकर आश्चर्य में पड़ गया कि आज मुख्यमंत्री इतनी जल्दी कैसे आ गए।

धनंजय अपने चेम्बर में जाकर बैठ गया। उसने दरबान से मुख्य सचिव को बुलाने के लिए कहा। कुछ देर में मुख्य सचिव रेड्डी आ गए। आते ही उन्होंने धनंजय को बताया -

- सर, डॉ. चौधरी सीनियर वायरोलॉजिस्ट हैं, मेडिकल कॉलेज से वह आ रहे हैं। मेरी उनसे बात हो गई है।

- ठीक है। मैं उनका इंतज़ार करता हूँ। आप इस बीच जहाँ केस मिले हैं, उन जिलों के कलेक्टरों से बात करके फ़ीड बैक लीजिए। धनंजय में सामने लगे बड़े टी.वी. पर चल रहे न्यूज चैनल पर आ रहे समाचारों को देखते हुए कहा।

- जी सर। इसके बाद मुख्य सचिव चले गए। धनंजय ने इंटरकॉम से पी.ए. को कहा कि जी.पी. से बात कराए। कुछ देर बाद जी.पी. लाइन पर है। उसने जी.पी. को निर्देश दिए।

- जी.पी. इस वायरस अटैक के बारे में विश्व स्वास्थ्य संगठन से जो भी निर्देश जारी हुए हैं, उन्हें स्टडी करो और समरी बनाकर लाओ।

- कितना समय लगेगा? उसने पूछा, उधर से जी.पी. ने कुछ कहा।

- नहीं लंच तक का समय है तुम्हारे पास। लंच के बाद समरी लेकर आओ। धनंजय ने थोड़े सख़्त लहजे में कहा और फ़ोन रख दिया।

कुछ देर बाद दरबान ने आकर बताया कि मेडिकल कॉलेज से डॉ. चौधरी आए हैं। उसने उन्हें तुरंत बुला लिया। डॉ. चौधरी ने कक्ष में

आकर उसका अभिवादन किया। धनंजय ने उन्हें बैठने को कहा -

आइए डॉक्टर ! डॉक्टर के बैठने के बाद उसने कहा।

- डॉक्टर इस वायरस के बारे में बताइए? डॉक्टर ने बताना शुरू किया।

- सर, यह वायरस विदेश में किसी देश में चमगादड़ से फैला है। उस देश में जानवरों का मांस खाते हैं। वहाँ से यह कैसे बना इस बारे में अभी वैज्ञानिक तय नहीं कर पा रहे हैं। यह वायरस जब संक्रमित करता है तो मरीज़ की श्वसन प्रणाली को प्रभावित करता है। व्यक्ति को सर्दी-खाँसी और बुखार होता है। स्थिति बिगड़ने पर साँस लेने में दिक़्क़त होने लगती है। हालात बिगड़ने पर शरीर के वाइटल अंग प्रभावित होते हैं, जिससे मृत्यु हो सकती है। अभी यह व्यक्ति से व्यक्ति में प्रसारित होने लगा है।

- इसका उपचार क्या है? धनंजय ने पूछा।

- अभी इसका कोई उपचार नहीं मिला है। वैज्ञानिक अभी इस वायरस की संरचना खोज रहे हैं। अभी तो मरीज़ को चौदह दिन के लिए कोरेन्टाइन यानी दूसरों से अलग करना होता है। उसे सामान्य पेरासिटेमॉल देते हैं। डॉ. चौधरी ने बताया।

- हमें अपने राज्य में इसे रोकने के लिए क्या करना चाहिए? धनंजय ने पूछा।

- इसे रोकना तो मुमकिन नहीं है अभी। पर इसके असर से लोगों को बचाया जा सकता है। लोगों को एक-दूसरे से दूरी रखने के लिए कहा जाए। बार-बार हाथ धोने को कहा जाए। कोई यदि संक्रमित हो जाए तो उसे कोरेन्टाइन में रखा जाए जब तक वह ठीक नहीं हो जाए। डॉ. चौधरी ने स्पष्ट किया।

- डॉक्टर आपसे एक और मदद की ज़रूरत है। आप एक एडवाइज़री तैयार करा दीजिए। शाम को हमारे स्वास्थ्य विभाग के उच्च अधिकारियों की बैठक रखी है। उन्हें भी जागरूक कर दें। धनंजय ने अनुरोध किया, बड़ा सहयोग होगा।

- यस, ऑफ़ कोर्स सर, इट्स माय ड्यूटी। डॉक्टर ने कहा। इसके बाद उनकी मुलाक़ात ख़त्म हो गई।

लंच के पहले मुख्य सचिव रेड्डी ने रिपोर्ट दी कि प्रभावित जिलों में कलेक्टर लगातार कोशिश कर रहे हैं। पर लोग इस बीमारी को गंभीरता से नहीं ले रहे। धनंजय ने कहा कि शाम को स्वास्थ्य विभाग की मीटिंग वीडियो कॉन्फ्रेंसिंग से करें। इसमें इन जिलों के कलेक्टरों से भी बात करेंगे।

लंच के बाद उसने जी.पी. को बुलाया। जी.पी. जब आया तो विश्व स्वास्थ्य संगठन द्वारा इस बीमारी के बारे में दिए गए सारे निर्देशों का संकलन लेकर आया। धनंजय ने उसे शाम की मीटिंग की तैयारी करने के निर्देश दिए।

शाम को वह जब कॉन्फ्रेंस रूम में पहुँचा तो वायरस से मरने वाले मरीज़ों की संख्या में दो और बढ़ चुके थे। मीटिंग में स्वास्थ्य मंत्री धनीराम, स्वास्थ्य विभाग के प्रमुख सचिव, डॉ. चौधरी, मुख्य सचिव रेड्डी, केशव और जया भी थे।

मीटिंग की शुरुआत में धनंजय ने कहा –

यह एक इमरजेंसी का समय है। वायरस प्रदेश में तेज़ी से फैल रहा है। पहले डॉ. चौधरी आपको इस वायरस के बारे में बताएँगे। उसने डॉ. चौधरी को संकेत किया। डॉ. चौधरी वायरस के बारे में बताने लगे।

– यह वायरस विदेश से हमारे देश में आया है। यह व्यक्ति के श्वसन तंत्र को प्रभावित करता है...

जब तब डॉ. चौधरी ने बात समाप्त की। सब उन्हें ध्यान से सुन रहे थे। इसके बाद धनंजय ने कहा –

हमें इस वायरस से लोगों को बचाने के लिए समझाना होगा, कोई प्रभावित हो जाए तो उसे कोरेन्टाइन कर बाकि लोगों को समझाना होगा। मुख्य सचिव और प्रमुख सचिव स्वास्थ्य इस संबंध में विस्तृत निर्देश तैयार करे और जिलों में कलेक्टर और एस.पी. को भेजें। राज्य स्तर पर इसकी मॉनिटरिंग के लिए कन्ट्रोल रूम बनाए। इतना कह कर उसने डॉ. चौधरी की ओर देखकर कहा।

– डॉक्टर चौधरी आपके अनुसार और कुछ करना चाहिए?

– अभी तो प्रारंभिक रूप से इतना पर्याप्त हैं, सर। डॉ. चौधरी ने कहा।

– तो ठीक है। धन्यवाद। धनंजय ने मीटिंग समाप्त की।

फिर वह अपने कक्ष में गया। उसके पीछे जी.पी. भी आया। उसने जी.पी. को वायरस के बारे में तैयार होने वाले निर्देशों की मॉनिटरिंग करने

को कहा। शाम तक सभी जिलों को वायरस से बचाव और उपचार के बारे में विस्तृत निर्देश भेज दिए गए।

अगले दिन सुबह तक वायरस का प्रभाव प्रदेश के दो और शहरों में भी पहुँच गया। इन शहरों में भी वायरस से प्रभावित कुछ मरीज़ मिल गए। धनंजय तक यह सूचना पहुँच गई। धनंजय ने तुरंत मुख्य सचिव को फ़ोन लगाया। मुख्य सचिव ने बताया कि इन जिलों के कलेक्टरों से बात करके उन्हें बचाव की व्यवस्थाएँ करने पर लगा दिया है। धनंजय ने उन्हें मंत्रालय में दस बजे इस संबंध में आपात बैठक रखने के निर्देश दिए। इसके बाद उसने जया को फ़ोन लगाकर निर्देश दिए कि वायरस से प्रभावित जिलों में बात कर वहाँ की जानकारी लेकर मीटिंग से पहले मंत्रालय में पहुँचे। फिर केशव को फ़ोन लगाकर उसने कहा कि अब आगे क्या करना है। इसके पॉइंट तैयार कर मंत्रालय आ जाए। इसके बाद वह तैयार होने चला गया।

जब वह मंत्रालय पहुँचा तो मुख्य सचिव भी पहुँच चुके थे। उसके अपने कक्ष में पहुँचते ही वे भी आ गए। कुछ देर बाद जया आई उसने वायरस से ज़्यादा प्रभावित जिलों की रिपोर्ट उसे दी। उस रिपोर्ट के अनुसार आने वाले दिनों में इन जिलों में स्थिति और ख़राब हो सकती है। इसके बाद केशव ने उसे एक रिपोर्ट दी जिसमें अगली कार्रवाई से संबंधित अलग-अलग सुझाव है। धनंजय ने मुख्य सचिव से पूछा -

डॉ. चौधरी को मीटिंग के लिए बुलाया है ना।

- हाँ, सर वो आ चुके हैं। उन्होंने बताया, इसी बीच जी.पी. ने आकर बताया कि बैठक के लिए सभी लोग आ चुके हैं। यह सुनकर धनंजय सहित सभी लोग मीटिंग हॉल की ओर बढ़ गए।

मीटिंग हॉल में पहुँचकर धनंजय ने देखा सभी लोग आ चुके हैं। स्वास्थ्य मंत्री और डॉ. चौधरी भी बैठे हैं। स्वास्थ्य विभाग के प्रमुख सचिव ने भी उसका अभिवादन किया। उसने उसे ही मीटिंग की शुरुआत में तैयारियों के बारे में बताने के लिए कहा। प्रमुख सचिव बताने लगे।

- सर, अब तक प्रदेश में बीस केस रिपोर्ट हुए हैं। सभी जगह पर कोरेन्टाइन की व्यवस्था की गई है। मरीज़ों को अस्पतालों में भर्ती कर लिए गया है। लगातार निगाह रखी जा रही है। हमारे स्वास्थ्य अधिकारी क्षेत्र में दौरा कर लोगों को इस संक्रामक वायरस के बारे में जागरूक कर रहे हैं।

– एक प्रश्न मेरा है सर! डॉ. चौधरी ने बीच में टोका।

– फ़ील्ड में जो अधिकारी और अमला जा रहा है, उन्हें सुरक्षा किट्स दिए है या नहीं? क्योंकि ये संक्रमित हो गए तो समस्या और बढ़ जाएगी।

– इस संबंध में ख़रीदी की प्रक्रिया की जा रही है। ख़रीदी होते ही हम सुरक्षा किट्स उपलब्ध करा देंगे। स्वास्थ्य विभाग के प्रमुख सचिव ने सरकारी ढर्रे का जवाब दिया। इस जवाब से हतप्रभ डॉ. चौधरी उनका चेहरा देखने लगे। पर इससे धनंजय को गुस्सा आ गया। उसने पूछा –

वाट रबिश। क्या हमारे लोग फ़ील्ड में बिना सुरक्षा के जाएँगे या आपकी प्रक्रिया पूरी होने का इंतज़ार करेंगे। फिर उसने मुख्य सचिव रेड्डी को कहा।

– आप इसे देखिए और सुरक्षा किट्स तुरंत उपलब्ध कराएँ।

– जी, सर। हम कर लेंगे। मैं कराता हूँ। रेड्डी ने हड़बड़ाते हुए कहा। इसके बाद प्रमुख सचिव ज़्यादा कुछ बता नहीं पाए। डॉ. चौधरी ने वायरस को रोकने के संबंध में विश्व के अलग-अलग देशों में हो रहे प्रयासों की जानकारी दी। मीटिंग समाप्त होने के बाद धनंजय अपने कक्ष में चला गया। वह अभी भी क्षुब्ध था। वह अपने क्रोध को नियंत्रित करने की कोशिश कर रहा है। कुछ देर बाद डॉ. चौधरी उसके कक्ष में आए। डॉ. चौधरी उससे वायरस के संक्रमण के बारे में कुछ तथ्य साझा करना चाह रहे हैं। वह कुछ देर तक डॉ. चौधरी की बात समझने की कोशिश करता रहा। फिर डॉ. चौधरी चले गए। फिर जी.पी. उसके लिए फ़ाइलों का बॉक्स लेकर आ गया। अगले कुछ घंटों तक वह रूटीन की फ़ाइलें निपटाता रहा। फिर उसने इंटरकॉम से पी.ए. को कहा कि मुख्य सचिव से बात कराएँ। कुछ देर बाद लाइन पर मुख्य सचिव थे। उसने मुख्य सचिव को कहा –

स्वास्थ्य विभाग के प्रमुख सचिव को तुरंत हटा दें। आज ही आदेश हो जाए। किसी दूसरे अधिकारी की पोस्टिंग कराएँ जो स्थिति के अनुरूप तेज़ी से निर्णय ले सके। इसके बाद उसने लाइन डिसकनेक्ट कर दी।

उसके बाद जया आई। उसने धनंजय के सामने बैठते हुए कहा –

– सर, मेरा सुझाव है। इससे जनता का बहुत अच्छा मैसेज जाएगा। धनंजय ने अनमने ढंग से कहा।

– बताओ।

– सर, हम हर दिन शाम को प्रेस कॉन्फ्रेंस रखें जिसमें आप, प्रमुख सचिव स्वास्थ्य और डॉ. चौधरी रहें। प्रेस कॉन्फ्रेंस में हर दिन भर में वायरस से संक्रमित हुए मरीज़, सरकार द्वारा दिन भर में किए गए प्रयास और अगले दिन की जाने वाली कार्रवाई की जानकारी दी जाए। डॉ. चौधरी वायरस के संक्रमण की तकनीकी जानकारी दें। जया ने रुक-रुक कर बोलते हुए कहा। धनंजय को उसका सुझाव अच्छा लगा। उसने कहा –

ठीक है। इस पर तैयारी करो। हम कल से प्रेस कॉन्फ्रेंस करेंगे इसकी तैयारी करें। उसने कहा और बात समाप्त की। जया उसका अभिवादन कर चली गई। उसने वापस महल जाने के लिए वाहन लगाने के लिए दरबान को कहा। सुरक्षा अमला अलर्ट हो गया।

# 7

आज रविवार है, इसलिए धनंजय इस समय महल में ही है। जया को फ़ोन करके उसने शाम की प्रेस कॉन्फ़्रेंस की तैयारी करने को कह दिया है। केशव कुछ देर में आने वाला है। केशव से अपडेट जानकारी लेने के बाद उसका मन अम्माँ के साथ कुछ समय बिताने का है। इन दिनों वह अम्माँ से ठीक से बात भी नहीं कर पाया है। वह तैयार हुआ तब तक केशव आ गया। केशव ने आते ही कहा -

भाई, मामला गंभीर होता जा रहा है। मेरी दूसरे राज्यों में भी अपने परिचितों से बात हुई है।

- क्या बता रहे हैं? धनंजय ने पूछा।

- वायरस का संक्रमण क़रीब-क़रीब सभी प्रदेशों में तेज़ी से फैलता जा रहा है। नए-नए क्षेत्रों में लोग इससे प्रभावित हो रहे हैं। केशव ने कहा।

- इससे बचाव के लिए वो क्या कर रहे हैं?

- अभी तो बस मरीज़ों को दूसरों से अलग कर रहे हैं। पर इससे भी संक्रमण रुकता दिखाई नहीं दे रहा। केशव ने कहा।

- हाँ, अपने यहाँ भी दो नए जिलों में इसके केस मिल गए हैं। धनंजय ने कहा। फिर उसने एक रिपोर्ट केशव को देते हुए कहा।

- इसे पढ़ लो। हम शाम को प्रेस कॉन्फ़्रेंस से एक घंटे पहले मंत्रालय में मिलते हैं। डॉ. चौधरी को भी बुला लो। उसने बात समाप्त की। इसके कुछ देर बाद केशव चला गया।

धनंजय तैयार होकर सीधे अम्माँ के कमरे में चला गया। उसने देखा अम्माँ अभी-अभी पूजा करके उठी है। अम्माँ ने आते देख उसे भगवान का आशीर्वाद लेने का इशारा किया। उसने अम्माँ के कमरे में रखे बाल-गोपाल के हाथ जोड़े। फिर अम्माँ ने उसे बैठने का इशारा किया। वह अम्माँ के कमरे

में लगे सोफ़े पर बैठ गया। अगले मिनट में अम्माँ ने अपने बाल-गोपाल को प्रसन्न करने के लिए भोग लगाया। फिर उन्होंने धनंजय को प्रसाद दिया। धनंजय ने श्रद्धा से प्रसाद ले लिया। फिर अम्माँ उसके पास आकर बैठ गईं। अम्माँ उसके सिर पर हाथ फेरने लगी। धनंजय को अच्छा लग रहा है। अम्माँ ने कहा –

अपना ध्यान रखना। हमें बड़ी चिंता होती है तुम्हारी इन दिनों। अम्माँ हमेशा देश-विदेश में चल रही गतिविधियों के बारे में जागरूक रहती है। धनंजय ने उन्हें आश्वस्त करते हुए कहा –

हाँ, अम्माँ हम ध्यान रखेंगे। इसके बाद अम्माँ और वह दोनों काफ़ी देर तक परिवार से जुड़ी पुरानी स्मृतियों को ताज़ा करते रहे।

शाम को वह प्रेस कॉन्फ्रेंस के लिए मंत्रालय पहुँचा। केशव और जया पहले ही पहुँच चुके हैं। उसके जाने के बाद मुख्य सचिव रेड्डी आए। उन्होंने आज तक के प्रकरणों की रिपोर्ट दी। उसमें दर्शाया गया कि वायरस से संक्रमण के केस बढ़ते जा रहे हैं। राज्य में अब तक केस क़रीब सौ तक पहुँच रहे हैं। संक्रमण तेज़ी से दूसरे जिलों में पहुँचते जा रहे थे। इसके बाद राज्य सरकार द्वारा किए जा रहे प्रयासों की जानकारी है। इस बीच डॉ. चौधरी भी आ गए। धनंजय ने उसने सलाह ली कि आगे क्या किया जाना चाहिए। डॉ. चौधरी का स्पष्ट मत था कि जिन इलाक़ों में संक्रमण के केस मिल रहे हैं, उन इलाक़ों को पूरी तरह से बंद करना होगा जिससे दूसरे इलाक़ों में संक्रमण नहीं फैले। इस विचार-विमर्श के बाद वो प्रेस कॉन्फ्रेंस के लिए कॉन्फ्रेंस रूम में पहुँचे। उसने देखा कि प्रेस कॉन्फ्रेंस के लिए इलेक्ट्रॉनिक और प्रिंट मीडिया के अधिकांश प्रतिनिधि पहुँच चुके हैं। कॉन्फ्रेंस रूम में मंच पर तीन कुर्सियाँ लगी हैं। धनंजय ने एक कुर्सी पर बैठते हुए अपने साथ डॉ. चौधरी और मुख्य सचिव रेड्डी को बैठने को कहा। उसने मीडिया के प्रतिनिधियों का अभिवादन करते हुए कहा –

– मित्रों, डॉ. चौधरी हमारे प्रदेश के सबसे सीनियर वायरोलॉजिस्ट हैं। वह आपको राज्य में संक्रमण की स्थिति के बारे में बताएँगे। इतना कह कर उसने माइक डॉ. चौधरी की ओर बढ़ा दिया। डॉ. चौधरी कहने लगे – इस समय प्रदेश में संक्रमण की शुरुआत है। मरीज़ धीरे-धीरे बढ़ रहे हैं। हमने समय रहते क़दम उठा लिए तो इसका असर कम हो सकता है। अब तक प्रदेश के अलग-अलग हिस्सों से एक सैकड़ा केस सामने आ

चुके हैं। इसके बाद उन्होंने वायरस के संबंध में वैज्ञानिक जानकारी देने लगे। यह जानकारी देने के बाद उन्होंने माइक फिर धनंजय की ओर बढ़ा दिया। धनंजय कहने लगा –

देखिए डॉ. चौधरी ने आपको वस्तुस्थिति बताई है। वायरस का संक्रमण बढ़ सकता है। स्थिति और बिगड़ सकती है। इस बात को ध्यान में रखकर हम सारे क़दम उठा रहे हैं। मीडिया से यही अपील है कि सहयोग करे और लोगों को जागरूक करे। हम हर दिन शाम को आप से बात करते रहेंगे। धन्यवाद। इसके बाद प्रेस कॉन्फ्रेंस समाप्त हो गई। धनंजय अपने कक्ष की ओर बढ़ गया। कुछ पत्रकार डॉ. चौधरी से अतिरिक्त जानकारी लेने लगे।

कुछ देर बाद जया उसके चेम्बर में आई। उसने देखा आज जया नीली साड़ी पहनकर आई है जिसमें वह सचमुच अच्छी लग रही है। जया ने उसे कहा – सर, आज प्रेस कॉन्फ्रेंस बहुत अच्छी रही। अब रोज़ इसकी तैयारी करना होगी।

– ठीक है। डॉ. चौधरी और मुख्य सचिव से संपर्क में रहना। और किसी की मदद की ज़रूरत हो तो बताना।

– सर, मैं कर लूँगी। जया ने आत्मविश्वास से कहा। इसके बाद वह चली गई। धनंजय वायरस के बारे में केंद्र सरकार से आए निर्देशों को पढ़ने लगा। कुछ देर बाद डॉ. चौधरी उसके चेम्बर में आए उसने डॉ. चौधरी को बैठने का संकेत किया। डॉ. चौधरी ने कहा – मुख्यमंत्री जी स्थिति ख़तरनाक होती जा रही है। संक्रमित मरीज़ों का जो ट्रेंड मिल रहा है उससे लगता है कि लोगों को इकट्ठे मिलने से नहीं रोका गया तो स्थिति बिगड़ जाएगी।

– डॉक्टर, हम कोशिश करते हैं। मैं प्रभावित जिलों के कलेक्टरों को मैसेज करता हूँ। भीड़ को रोकने के लिए प्रतिबंधात्मक आदेश जारी करें। धनंजय ने इसके बाद मुख्य सचिव को फ़ोन लगाकर इस बारे में निर्देश दिए। इसके बाद डॉ. चौधरी चले गए।

मंत्रालय में कुछ देर रुकने के बाद धनंजय महल लौट आया।

महल पहुँचे उसे ज़्यादा समय नहीं हुआ है। दिन भर की व्यस्तता से थका धनंजय कुछ देर रिलेक्स होना चाह रहा था। वह अपने कक्ष में पहुँचा ही था कि केशव को फ़ोन आ गया। जब दोबारा केशव का फ़ोन आया तो उसने उठाया। उधर से केशव ने कहा –

- भाई, लगता है स्वास्थ्य मंत्री धनीराम वायरस से संक्रमित हो गए हैं। उनका फ़ोन आया है, बहुत ज़्यादा घबरा रहे हैं।

- हुआ क्या है उन्हें? धनंजय ने पूछा।

- सर्दी, खाँसी और बुखार है। लक्षण तो वायरस के लगते हैं। केशव ने कहा।

- अच्छा मैं बात करता हूँ। तब तक डॉक्टर्स की टीम भेज दो उनके यहाँ।

- वह तो मैंने बता दिया है। केशव ने बताया।

- ठीक है। धनंजय ने कहा। जैसे ही फ़ोन कटा, दूसरा फ़ोन आ गया। उसने देखा धनीराम जी का नंबर है। उसने उठा लिया। उधर से लाइन पर धनीराम था।

- भैया, जल्दी आ जाओ। उधर से घबराई आवाज़ में उसने कहा।

- भैया, अब मैं बचूँगा नहीं। उसने फिर कहा।

- आपको कुछ नहीं होगा। मैंने डॉक्टरों की टीम को भेजा है। धनंजय ने आश्वस्त किया।

- मुझे वायरस ने पकड़ लिया है। बहुत डर लग रहा है भैया। इतना कहते-कहते धनीराम रोने लगा। धनंजय ने उसे डाँटा।

- चुप रहिए। क्या बच्चों की तरह रो रहे हैं?

- मैं सचमुच में बचूँगा नहीं। यह कैसी बीमारी ने जकड़ लिया भगवान। वह लगातार रो रहा है।

- डॉक्टरों के साथ चुपचाप हॉस्पिटल जाइए। कुछ नहीं होगा।

इतना कहकर धनंजय ने फ़ोन काट दिया। वह सोच रहा था कि जब खुद पर बात आती है तो व्यक्ति कितना डर जाता है। अभी कुछ दिन पहले यही धनीराम वायरस को केवल मच्छर बता रहा था। मज़ाक़ बना रहा था। आज मौत के डर से रो रहा है। अजीब बात थी। इस वक़्त धनंजय को भी अजीब सा लग रहा है। देर रात तक वह जागता रहा। सुबह जब वह सोकर उठा तो देखा काफ़ी देर हो गई है। सेलफ़ोन पर केशव का मैसेज है। रात को धनीराम को हॉस्पिटल में आइसोलेशन वार्ड में भर्ती करा दिया गया है। फिर इसके बाद जया का मैसेज है, कुछ और शहरों में वायरस से संक्रमण

के नए केस सामने आए हैं। उसने डॉ. चौधरी को फ़ोन लगाया। दो या तीन रिंग के बाद उन्होंने फ़ोन उठा लिया। उसने कहा –

– गुड मॉर्निंग डॉक्टर।

– गुड मॉर्निंग। डॉक्टर ने कहा।

– क्या स्थिति है डॉक्टर? उसने कहा।

– सर, मुझे लगता है, हमें कुछ कठोर क़दम उठाने होंगे। यदि वायरस का फैलाव हो गया तो फिर नियंत्रण मुश्किल हो जाएगा। डॉक्टर चौधरी ने आशंका व्यक्त की।

– ठीक है, हम दस बजे मंत्रालय में मिलकर तय कर लेते हैं। धनंजय ने कहा।

– ओ.के. सर। डॉक्टर ने कहा। धनंजय ने फिर फ़ोन काट दिया। इसके बाद वह वॉशरूम में चला गया। अब वह जल्दी-जल्दी तैयार हो रहा है।

जब वह मंत्रालय पहुँचा तो डॉ. चौधरी पहले से प्रतीक्षा कर रहे थे। उसने मुख्य सचिव रेड्डी को भी बुला लिया। मुख्य सचिव ने उसके कक्ष में रखी कुर्सी पर बैठते हुए कहा –

सर, प्रदेश के कई शहरों में वायरस से संक्रमित मरीज़ मिल रहे हैं।

– इस समय सबसे ज़्यादा ज़रूरी लोगों को संक्रमण से बचाना है। संक्रमण एक व्यक्ति से दूसरे व्यक्ति में तेज़ी से फैलता है। डॉ. चौधरी ने बताया।

– और एक और बात बताइए डॉक्टर। धनीराम जी की क्या रिपोर्ट है। धनंजय ने पूछा।

– वह अब स्टेबल हैं। चिंता की कोई बात नहीं है। डॉ. चौधरी ने कहा।

– ठीक है, फिर शाम को मिलते हैं। धनंजय ने बात समाप्त की।

उनके जाने के बाद उसने इंटरकॉम पर पी.ए. को जया को बुलाने को कहा। जया के आने के बाद उसने कहा –

– जया, शाम की प्रेस कॉन्फ्रेंस की तैयारी कर ली।

– सर, चल रही है। जया ने कहा।

- एक काम और करो, लोगों को सोशल डिस्टेंस के लिए प्रेरित करने के लिए, मीडिया प्लान बनाओ। धनंजय ने कहा।

- जी, सर। जया ने कहा, फिर वह चली गई।

शाम को प्रेस कॉन्फ़्रेंस से पहले जब जया ने जानकारी ला कर दिखाई तो वह चौंकाने वाली थी। प्रदेश के चारों कोनों से वायरस के संक्रमण के केस मिल रहे थे। उसने तुरंत डॉ. चौधरी को फ़ोन लगवाया। डॉ. चौधरी मंत्रालय के रास्ते में थे। उसने डॉ. चौधरी की सलाह ली।

- डॉक्टर हमें कुछ सख़्त क़दम उठाना चाहिए। लोग समझ नहीं रहे। संक्रमण फैलता जा रहा है।

- यस, सर। इस समय सबसे ज़रूरी है यह। डॉक्टर चौधरी ने कहा।

- ठीक है। डॉक्टर आप आइए। इतना कहकर धनंजय ने फ़ोन काट दिया।

- फिर उसने मुख्य सचिव रेड्डी को बुलाने के लिए कहा। रेड्डी के आने पर उसने कहा -

रेड्डी जी, स्थिति बिगड़ती जा रही है। कुछ सख़्त क़दम उठाने होंगे।

- जी, सर।

- लोगों को आपस में मिलने से रोकना होगा। धनंजय ने कहा।

- सर, जिन जिलों में संक्रमण के केस मिले हैं वहाँ कर्फ़्यू लगा सकते हैं। मुख्य सचिव ने सुझाया।

- ठीक है। आप तैयारी करो। अभी प्रेस कॉन्फ़्रेंस में घोषणा कर देते हैं। धनंजय ने कहा।

- इसके बाद मुख्य सचिव चले गए।

शाम को प्रेस कॉन्फ़्रेंस में पहले की तरह डॉ. चौधरी ने प्रदेश में वायरस के फैलाव की जानकारी दी। उन्होंने बताया कि किस तरह इस वायरस का संक्रमण प्रदेश में फैल रहा है और देश के दूसरे प्रदेश भी इस समस्या से जूझ रहे हैं। इस बीमारी का कोई इलाज अभी तक नहीं मिल पाया है। इसके बाद उन्होंने माइक धनंजय की ओर बढ़ा दिया। धनंजय ने कहा -

प्रदेश में जिस तरह से इस वायरस का संक्रमण फैल रहा है। इसे रोकने के लिए हमें संक्रमण की चेन तोड़नी होगी। इसलिए इससे प्रभावित सभी दस जिलों में हम कर्फ़्यू लगा रहे हैं। इन जिलों में कोई भी घर से

नहीं निकलेगा। सब घरों में रहेंगे और सोशल डिस्टेंस का पालन करेंगे। यही बचाव का एकमात्र उपाय है। इतना कहकर उसने बात समाप्त की। अगले कुछ मिनटों में यह ख़बर पूरे प्रदेश के मीडिया में आने लगी कि मुख्यमंत्री धनंजय ने कड़ा निर्णय लिया है - दस जिलों में कर्फ़्यू का। दस जिले पूरी तरह से बंद रहेंगे।

इसके कुछ देर बाद मुख्यमंत्री का काफ़िला महल की ओर लौट रहा है। धनंजय अब सचमुच चिंतित हो रहा है। महल पहुँचकर भी वह बेचैन सा रहा। उसे याद आया कि लंदन में उसका एक दोस्त डॉक्टर अमर है। उसने सोचा उससे बात की जाए तो पता चला वहाँ पर इस वायरस से बचाव के लिए क्या किया जा रहा है। उसने अमर को वीडियो कॉल किया। कुछ देर बाद अमर कॉल पर है। औपचारिक हाल चाल जानने के बाद उसने पूछा कि लंदन में वायरस का क्या प्रभाव है। अमर बताने लगा -

धनंजय स्थिति तो वहाँ बहुत अच्छी नहीं है। पर कोशिश कर रहे हैं।

- क्या-क्या क़दम उठाए हैं वहाँ सरकार ने। धनंजय ने पूछा।

- यार, एक तो वहाँ लॉकडाउन कर दिया है। इससे कोई अपने घर से बाहर नहीं निकल रहा है। अमर ने बताया।

- अच्छा इसका क्या असर है? धनंजय ने पूछा।

- इससे लोगों की आवाज़ाही और संपर्क रुका है। ऐसा मानना है कि इससे वायरस पर नियंत्रण पर मदद मिलेगी। अमर ने बताया, उसने आगे कहा।

- दूसरा वहाँ एक ओर बात सामने आई है, इससे बुज़ुर्ग ज़्यादा संक्रमित हो रहे हैं और उन्हें कोई बीमारी है तो वह उनके लिए घातक साबित हो रहा है। अमर ने बताया।

- और कुछ। धनंजय ने पूछा।

- वहाँ सरकार कोशिश कर रही है, बुज़ुर्गों को लोगों के संपर्क से दूर रखे। क्योंकि युवाओं में तो इम्युनिटी ज़्यादा होने से वह ठीक हो रहे हैं पर बुज़ुर्गों में समस्या आ रही है। अमर ने बताया।

- और भाभी, बच्चे कैसे हैं? धनंजय ने पूछा।

- वे ठीक हैं और अम्माँ कैसी हैं? उधर से अमर ने पूछा।

- वे भी ठीक हैं। धनंजय ने बताया। इसके बाद और कुछ देर तक बात करने के बाद इन दोनों की बात ख़त्म हो गई।

रात को सोने से पहले उसने मैसेज चेक किए। जया का मैसेज था, वायरस से संक्रमित पाँच और लोगों की मौत हो गई थी। उसने सोचा डॉ. चौधरी को फ़ोन लगाए, फिर सोचा रात काफ़ी हो गई है, शायद सो गए हों। सुबह बात करेगा। उसने सोचा अब यदि लोगों को बचाना है तो कड़े निर्णय लेने होंगे।

फिर उसे अम्माँ का ख़याल आया। वह उठकर अम्माँ के कमरे की ओर गया। देखा कमरे में लाइट जल रही है। लगता है अम्माँ ने दरवाज़ा खोल दिया। धनंजय ने कमरे के अंदर आते हुए पूछा –

अम्माँ कैसी हैं आप? तबीयत ठीक है?

- हाँ, ठीक है। क्यों? अम्माँ ने इस बेवक़्त की चिंता की वजह जानना चाही।

- कुछ नहीं। आप अपना ख़याल रखें। संक्रमण फैल रहा है। जो ज़्यादा उम्र के लोगों को जल्दी पकड़ता है। आप इन दिनों कमरे में ही रहें। सबसे दूरी बना कर रखें। धनंजय ने कहा।

- ठीक है, तुम मेरी चिंता मत करो। इन दिनों तुम पर काम का बोझ भी बढ़ गया है। अम्माँ ने बेटे की चिंता करते हुए कहा।

- अच्छा अब सो जाइए, अम्माँ, हम भी सोते हैं। धनंजय ने अम्माँ से आज्ञा ली और अपने कमरे की ओर चल पड़ा।

# 8

दूसरे दिन सुबह उसने केशव को बुलाया। सुबह के आठ बजे हैं। केशव जब महल में पहुँचा तो धनंजय उसका इंतज़ार कर रहा था। केशव के पहुँचते ही उसने कहा –

केशव, वायरस के संक्रमण की स्थिति को देखते हुए मुझे लग रहा है में कुछ सख़्त फ़ैसले करने होंगे।

– भाई, यह स्थिति क़रीब-क़रीब सभी प्रदेशों में है। हम भी केंद्र सरकार के निर्देशों के अनुसार ही कार्रवाई कर रहे हैं। केशव ने सोफ़े पर बैठते हुए कहा।

– पर, हम केंद्र के निर्देशों की प्रतीक्षा तो नहीं कर सकते। धनंजय ने कहा।

– फिर क्या करें? केशव ने पूछा।

– मैंने डॉ. चौधरी से भी बात की। हमें किसी भी स्थिति में लोगों को मिलने-जुलने से रोकना है। कुछ देशों में पूरा लॉकडाउन कर दिया है। हम इसके सीमित तरीक़े पर विचार कर सकते हैं। धनंजय ने कहा।

– इस बारे में एक बार मुख्य सचिव की राय भी लेना चाहिए। मैं ऐसा सोचता हूँ। केशव ने अपनी सलाह दी।

– ठीक है। मंत्रालय चल कर बात करते हैं। केशव ने कहा। इसके बाद वह तैयार होने लगा। वे दोनों मंत्रालय पहुँच गए। समय से पहले पहुँचने के कारण इस समय वहाँ कोई भी वरिष्ठ अधिकारी नहीं पहुँचा है। कुछ देर बाद जी.पी. पहुँचा फिर जया भी आ गई। फिर मुख्य सचिव रेड्डी आ गए। धनंजय ने तीनों को बुलाया। फिर उसने पुलिस महानिदेशक सुधा को भी बुलवा दिया। इन सभी के पहुँचने के बाद धनंजय ने बात शुरू की। उसने कहा –

आप सबको इसलिए बुलाया है कि वायरस से संक्रमण की स्थिति हमारे प्रदेश में बिगड़ती जा रही है। नए मरीज़ों की संख्या और मरीज़ों की मौत दोनों बढ़ रही है। हमें कुछ सख़्त फ़ैसला करना होगा। लोगों को घरों में रखने और आपस में मिलने से रोकना होगा।

– सर, लोग घरों में रुक नहीं रहे। पुलिस फ़ोर्स को उन्हें रोकने में काफ़ी मेहनत करना पड़ रही है। पुलिस महानिदेशक सुधा ने कहा।

– आप नीचे तक मैसेज कर दें, अब पुलिस सख़्ती कर लोगों को रोके। धनंजय ने कहा। फिर उसने मुख्य सचिव रेड्डी को कहा।

– और आप भी कलेक्टरों को मैसेज करें, जैसे भी हो लोगों को घरों में रोकें।

– जी, सर। रेड्डी ने कहा। फिर उसे जया से कहा।

– जया, तुम डॉ. चौधरी से बात करो। उनकी एक अपील रिकॉर्ड कर सभी मीडिया में चलाओ।

– सर। जया ने कहा। फिर उसे जी.पी. को कहा।

– सभी जिलों में बात करो और स्थिति की रिपोर्ट बनाओ।

– जी सर। जी.पी. ने कहा। इसके बाद उसने कहा।

– और हम सभी दोपहर 4 बजे फिर मिलेंगे। धनंजय ने मीटिंग समाप्त की। उसके बाद सभी बाहर निकल गए। उसने दरबान को बुलाकर एक ब्लैक काफ़ी लाने को कहा। इन सब के जाने के बाद केशव आया। उसने केशव को चिंतित देख कर कहा।

– भाई, ज़्यादा चिंता मत करो। हम सब ठीक कर लेंगे।

– हाँ, कर लेंगे। पर इस बार चुनौती गंभीर है। धनंजय ने कहा।

– शाम तक देखते हैं क्या रिपोर्ट आती है। केशव ने कहा।

– खाना यही बुला लें? केशव ने पूछा। फिर वह महल फ़ोन करने में लग गया।

दोपहर 4 बजे। मुख्यमंत्री धनंजय का कक्ष। वे सभी फिर से मौजूद हैं। इस बार इसमें डॉ. चौधरी भी जुड़ गए हैं। सबसे पहले जी.पी. ने जिलों से ली गई रिपोर्ट बताई –

सर, लगभग सभी जिले वायरस के संक्रमण से प्रभावित हो गए हैं। नए मरीज़ मिल रहे है। इसके बाद पुलिस महानिदेशक सुधा ने कहा।

- सर, सभी जिलों में पुलिस को मुस्तैद कर दिया गया है।

- ठीक है। धनंजय ने कहा। इसके बाद उसने पूछा।

- क्या आप लोग समझते हैं कि अब हमें टोटल लॉकडाउन पर विचार करना चाहिए। सबसे पहले मुख्य सचिव ने कहा।

- सर, अभी थोड़ा इंतज़ार करना चाहिए। यह जल्दी होगा।

- सर, लॉकडाउन से पहले हमें सैंपल टेस्टिंग की बड़े पैमाने पर व्यवस्था करनी होगी। यह डॉ. चौधरी हैं।

- सर, इस क़दम के लिए पहले लोगों को तैयार करना होगा। यह जया का मत है। आख़िर में धनंजय ने कहा।

- ओ.के., आज रुक जाते हैं। इसके बाद मीटिंग समाप्त हो गई।

उस दिन शाम की प्रेस कॉन्फ़्रेंस में कुछ विशेष नहीं रहा। मीडिया के प्रतिनिधियों को संक्रमण के बढ़ रहे मरीज़ों और राज्य सरकार द्वारा किए जा रहे उपायों की जानकारी दी गई।

प्रेस कॉन्फ़्रेंस के बाद भी वो काफ़ी देर मंत्रालय में रहा। डॉ. चौधरी के सुझाव पर उन्होंने स्वास्थ्य विभाग के अधिकारियों को बुलाकर विभाग के पास उपलब्ध टेस्टिंग किट्स और पी.पी.ई. किट्स की जानकारी ली। पता चला कि विभाग के पास तो पर्याप्त टेस्टिंग किट्स और पी.पी.ई. किट्स ही नहीं हैं। अब इनको ख़रीदने के आदेश दिए तो आपूर्ति होने में लंबा समय लग जाएगा। और वायरस के ख़िलाफ़ लड़ाई में टेस्टिंग किट्स और पी.पी.ई. किट्स ही मुख्य हथियार हैं। अब समझ में नहीं आ रहा कि इनके बिना कैसे रोका जाएगा वायरस को।

डॉ. चौधरी अपने स्रोतों से टेस्टिंग किट्स की आपूर्ति के प्रयास कर रहे हैं, पर कितने सफल हो पाएँगे पता नहीं। दूसरा मरीज़ों में संक्रमण तेज़ी से बढ़ता जा रहा है। नए केस बढ़ते जा रहे हैं। इस बीच जी.पी. ने धनंजय को सुझाव दिया।

- सर, टेक्सटाइल उद्योगों से बात करें। अपने प्रदेश में जिनकी यूनिट है, वो हमें पी.पी.ई. किट्स बनाकर दे सकते हैं।

- ठीक है। तुरंत बात करो। उद्योग विभाग के सचिव को भी इस काम में लगाओ। धनंजय ने तुरंत कहा।

- सर। इतना कहकर जी.पी. चला गया। इसके बाद डॉ. चौधरी आए। उन्होंने कहा -

सर, टेस्टिंग किट्स की सप्लाई में देरी हो सकती है। फिर भी हमें ऑर्डर तुरंत दे देना चाहिए।

- ठीक है। धनंजय ने कहा। फिर मुख्य सचिव रेड्डी को बुलाने को कहा। रेड्डी के आने पर उसने कहा -

- टेस्टिंग किट्स के ऑर्डर जितनी जल्दी हो सकें, दे दीजिए। और आपूर्ति के लिए भी कोशिश करते रहें।

- जी, सर। हम पूरी कोशिश करते हैं। मुख्य सचिव ने कहा फिर वे चले गए। उसके बाद डॉ. चौधरी ने कहा।

- सर, हमे हमारे हॉस्पिटलों की क्षमता को भी देखना होगा। उनमें ज़रूरत पड़ने पर मरीज़ों की आइसोलेशन में रखने की क्षमता है या नहीं?

- आप सही कह रहे हैं डॉक्टर। धनंजय ने धीमे स्वर में कहा।

- सर, लगता है आप थक गए हैं। हम इस पर कल बात करते हैं। डॉक्टर चौधरी ने उसकी थकान को भाँप लिया।

- ठीक है, डॉक्टर। कल स्वास्थ्य विभाग के अधिकारियों को बुला लेते हैं।

- ओ.के. सर। इसके बाद डॉक्टर चौधरी चले गए।

धनंजय और केशव जब महल पहुँचे तो देर रात हो गई थी। केशव महल के बाहर से ही घर के लिए निकल गया। केशव जब डिनर के लिए डाइनिंग टेबल पर पहुँचा तो देखा अम्माँ बैठी हैं। उसने अम्माँ से कहा -

आप अभी तक सोई नहीं अम्माँ।

- नहीं, हमें तुम्हारी चिंता हो रही थी धनंजय। अम्माँ ने कहा।

- अम्माँ हम ठीक हैं, आप परेशान नहीं होइए। धनंजय ने खाना शुरू करते हुए कहा।

- पर बेटा स्थितियाँ ठीक नहीं हैं, हम क्या करें? अम्माँ ने कहा।

- आप अपना ध्यान रखें। किसी के भी संपर्क में नहीं आएँ। हो सके तो अपने कमरे से नहीं निकलें। उसने अम्माँ के प्रति अपनी चिंता को

ज़ाहिर किया। उसके बाद कोई बात नहीं हुई। अम्माँ को उनके कमरे तक छोड़ कर वह अपने कमरे में आ गया। फिर उसे कुछ बात ध्यान आई। उसने अपने कक्ष में महल के केयर टेकर को फ़ोन लगाकर जानकी आई के बारे में पूछा जो पिछले कुछ दिनों से नज़र नहीं आ रही थी। उसने बताया कि जानकी कुछ दिनों के लिए अपने बेटे के पास गाँव गई हुई है। वह अब सोने की कोशिश करने लगा। उसी समय जया का फ़ोन उसके सेलफ़ोन पर आया। उसने सोचा इतनी रात फ़ोन कोई इमरजेंसी हो सकती है। उसने फ़ोन उठाया, उधर से जया है,

– सर, स्वास्थ्य विभाग के प्रमुख सचिव भी संक्रमित हो गए हैं। अभी-अभी पता चला है।

– अरे, कैसे? धनंजय ने पूछा।

– शायद, स्वास्थ्य मंत्री जी के संपर्क से हो सकता है। जया ने बताया।

– अभी कहाँ हैं? धनंजय ने पूछा।

– सर, अभी हॉस्पिटल में शिफ़्ट किया है। जया ने बताया।

– जया, एक बात और, इन दोनों के संपर्क में तो हम सब भी थे। धनंजय ने कहा।

– हाँ सर, मैं वही कहने जा रही थी। हम सब को भी टेस्ट करा लेना चाहिए। जया ने कहा।

– ठीक है। उसने कहा।

– सर, मैं कल मंत्रालय में ही टेस्ट की व्यवस्था करती हूँ। जया ने कहा।

– ओ.के.!

– गुड नाइट सर। और फ़ोन कट गया।

अगले दिन सुबह जब वह उठा तो उसका सिर दर्द कर रहा था। उसने ब्लैक टी लाने को कहा। फिर महल में अपने सबसे विश्वस्त सेवकों में से एक सुरेश को बुलाया जो, नेपाल का रहने वाला है। सुरेश बचपन से महल की सेवा में है। सुरेश के आने पर उसे कहा कि वह अम्माँ का ध्यान रखे। पूरे समय वह ध्यान रखेगा कि अम्माँ का संपर्क किसी भी बाहरी व्यक्ति से नहीं हो। साथ ही अम्माँ की तबियत में थोड़ी सी भी दिक़्क़त हो तो वह तुरंत उसे बताए। फिर वह तैयार होने लगा।

जब वह मंत्रालय पहुँचा तो देखा केशव, जया और बाक़ी लोग पहले ही आ चुके हैं। डॉ. चौधरी ने सबके टेस्ट की व्यवस्था कर दी है। पी.पी.ई. किट्स पहने डॉक्टरों की टीम मंत्रालय के कॉन्फ्रेंस रूम में वायरस संक्रमण का टेस्ट कर रही है। माहौल में तनाव व्याप्त है। मुख्य सचिव रेड्डी और जी.पी. भी चिंतित लग रहे हैं। डॉ. चौधरी ने माहौल को हल्का करने के लिए कहा –

शाम तक टेस्ट की रिपोर्ट आ जाएगी। निश्चिंत रहें, किसी की पॉजिटिव रिपोर्ट नहीं आएगी क्योंकि किसी में वायरस के लक्षण नहीं दिख रहे।

– दुआ करते हैं कि डॉक्टर साहब ऐसा ही हो। जी.पी. ने कहा।

धनंजय ने भी अपना स्वाब का सेंपल दिया। फिर वह अपने चेम्बर में आ गया। चेम्बर के उसके पीछे केशव भी आ गया। केशव ने उसे देखते हुए कहा –

भाई, शाम तक टेस्ट की रिपोर्ट आ जाएगी। सब ठीक ही होगा।

– मैं दूसरी बात सोच रहा हूँ केशव। रिपोर्ट जो आएगी वह तो ठीक है। सोच रहा हूँ आज से मैं मंत्रालय में ही रहूँ। अम्माँ वहाँ हैं, सुरेश को कह दिया है उनकी देख-रेख के लिए। यहीं से सारी बातों की मॉनिटरिंग ठीक से हो सकेगी। धनंजय ने अपने मन की बात कही।

– ठीक है भाई, मैं भी फिर यही रहूँगा। केशव ने कहा।

– ठीक है। धनंजय ने कहा।

– मैं यहाँ रुकने की सारी व्यवस्था करता हूँ। केशव ने उठते हुए कहा। केशव चेम्बर से बाहर चला गया।

धनंजय ने दरबान को बुलाकर मुख्य सचिव को बुलाने के लिए कहा।

मुख्य सचिव रेड्डी के आने पर उसने कहा –

स्वास्थ्य विभाग के सचिव के लिए कोई डायनेमिक अधिकारी खोजें। वायरस के संक्रमण के इस दौर में हमें एक समझदार पर तेज़ी से निर्णय लेने वाला अधिकारी चाहिए।

– सर, मेरी नज़र में है एक अधिकारी। मैं बात करके देखता हूँ। पर पूर्व मुख्यमंत्री ने उसे लूप लाइन में डाल रखा था। उसे एक घोटाले के आरोप में भी फँसा रखा है। रेड्डी ने बताया।

– अभी बाक़ी सारी बातें गौण हैं। हमें अभी प्रदेश के लिए जो भी बेस्ट हो वह करना है। धनंजय ने निर्णयात्मक स्वर में कहा।

– ठीक है, सर। इसके बाद मुख्य सचिव चले गए।

इसके बाद धनंजय ने पुलिस महानिदेशक सुधा से फ़ोन पर बात कराने को कहा। सुधा के लाइन पर आने पर उसने पूछा –

– प्रदेश में क्या स्थिति है? उधर से सुधा ने जानकारी दी। फिर उसने कहा।

– ठीक है, सख़्ती बनाए रखें। लोगों को घरों में रहने को समझाएँ। उधर से सुधा ने आश्वस्त किया।

शाम होते-होते सुबह लिए गए सैंपल की रिपोर्ट आ गई। सभी की रिपोर्ट नेगेटिव आई। सबके लिए यह राहत से भरी ख़बर थी। शाम की प्रेस कॉन्फ्रेंस के लिए डॉ. चौधरी भी आ गए। डॉ. चौधरी ने दो समाचार दिए। पहला – वायरस के नए केस बढ़ते जा रहे हैं। दूसरा – टेस्टिंग किट्स के लिए ऑर्डर हो गए हैं। एक-दो दिन में सप्लाई शुरू हो जाएगी।

रोज़ की तरह प्रेस कॉन्फ़्रेंस में पहले डॉ. चौधरी ने वायरस के संक्रमण के बारे में जानकारी दी।

– मीडिया के जरिये हम नागरिकों को बताना चाहते हैं कि प्रदेश में वायरस का संक्रमण तेज़ी से फैल रहा है। सोशल डिस्टेंस बनाए रखें। लक्षण दिखते ही डॉक्टर के पास जाएँ। जितना जल्दी उपचार शुरू हो जाएगा, ठीक होने की संभावना बढ़ जाती है।

इसके बाद धनंजय ने जानकारी दी। उसने कहा –

प्रदेश में टेस्टिंग किट्स की उपलब्धता बढ़ाई जा रही है। जल्दी ही हम टेस्ट की संख्या बढ़ा रहे हैं। पी.पी.ई. भी प्रदेश में बनाए जा रहे हैं। हम नागरिकों से अपील करते हैं कि वायरस से लड़ाई में राज्य सरकार का साथ दे।

इसके बाद कुछ पत्रकारों ने प्रश्न पूछे। डॉ. चौधरी ने उनकी शंकाओं का समाधान किया। अंत में प्रेस कॉन्फ़्रेंस समाप्त हो गई।

उस रात धनंजय और केशव दोनों मंत्रालय में ही रहे। मंत्रालय के ही एक कमरे को धनंजय के बेडरूम में बदल दिया गया है। केशव ने अपने ऑफ़िस रूम में ही एक सोफ़ा लगवा लिया है। उस रात धनंजय देर तक काम करता रहा। अलग-अलग जिलों से संक्रमण बढ़ने के समाचार आते रहे। धनंजय जिलों में कलेक्टर और पुलिस अधीक्षकों से बात कर उन्हें निर्देश देता रहा।

धनंजय मंत्रालय में रुका है, इसीलिए मुख्य सचिव रेड्डी भी काफ़ी रात तक रुके रहे। डॉ. चौधरी भी देर तक रहे। आख़िर में जाने वालों में जी.पी. और जया है। जी.पी. ने जाने से पहले संक्रमित मरीज़ों की रिपोर्ट धनंजय को बताई। रिपोर्ट के अनुसार संक्रमण बहुत तेज़ी से बढ़ रहा है। मरीज़ों की संख्या लगभग पाँच सौ के आस-पास पहुँच गई है। धनंजय और केशव वायरस के बढ़ते फैलाव को रोकने पर विचार कर रहे थे, उसी वक़्त केंद्र से स्वास्थ्य मंत्री के ऑफ़िस से धनंजय के मोबाइल पर कॉल आया। धनंजय ने कॉल लिया। उधर से कुछ देर बाद स्वास्थ्य मंत्री लाइन पर आए, धनंजय के नमस्ते का जवाब देने के बाद उन्होंने कहा –

मुख्यमंत्री जी आपके प्रदेश में वायरस की संक्रमण की क्या स्थिति है?

– जी, स्वास्थ्य मंत्री जी, स्थिति अब तक नियंत्रण में है, पर संक्रमण के केस बढ़ते जा रहे हैं। धनंजय ने बताया।

– नज़र रखें, केंद्र से मदद की आवश्यकता हो तो बताएँ। उन्होंने कहा।

– हमारे यहाँ टेस्टिंग किट्स कम पड़ रहे हैं। इनकी अतिरिक्त आवश्यकता होगी। धनंजय ने बताया।

– हाँ, वह तो पूरे देश में कमी है। हम दूसरे देशों से टेस्टिंग किट्स बुलाने की व्यवस्था कर रहे हैं। स्वास्थ्य मंत्री ने बताया।

– ठीक है सर।

– अच्छा, नमस्ते। समय-समय पर रिपोर्ट देते रहें। प्रधानमंत्री स्वयं इस मामले में चिंतित हैं। इसके बाद लाइन कट गई।

देर रात को धनंजय और केशव ने महल से आया खाना खाया और सो गए। धनंजय को स्थान बदल जाने से काफ़ी रात तक नींद नहीं आई।

अगले दिन सुबह जब धनंजय उठा तो बुरे समाचार उसका इंतज़ार कर रहे थे। वायरस से रोकथाम की ड्यूटी में लगे दो डॉक्टर भी संक्रमित हो गए।

इसी तरह लोगों को घरों में रोकने के लिए तैनात किए गए पुलिसकर्मियों में से भी दो संक्रमित निकल आए हैं। प्रदेश में वायरस से संक्रमित लोगों की संख्या बढ़ कर 600 हो गई है। प्रदेश में चारों और जिस तरह से संक्रमण बढ़ रहा है, वह अब चिंताजनक होता जा रहा है।

धनंजय ने महल में सुरेश को फ़ोन लगाया उसने बताया अम्माँ ठीक हैं। कोई चिंता की बात नहीं है। तब तक केशव भी उठकर आ गया। उसने केशव से पूछा।

- यह वायरस का संक्रमण फैल कैसे रहा है? कुछ समझ में नहीं आ रहा।

- एक नहीं कई तरीक़ों से फैल रहा है यह संक्रमण। डॉ. चौधरी से बात हुई है अभी। वह बता रहे हैं कि विदेश में भी इसी तरह फैला है। जहाँ भी लोग इकट्ठा हो कर मिल रहे हैं यह फैल रहा है। केशव ने बताया।

- तो हमें हर हाल में लोगों को मिलने से रोकना होगा। ऐसा करो मुख्य सचिव को फ़ोन कर दो, कोर कमेटी की बैठक करना है। अभी 8 बजे हैं, बैठक 10 बजे होगी। धनंजय ने कहा।

- ठीक है। इतना कह कर केशव चला गया। धनंजय भी तैयार होने लगा।

सुबह दस बजे जब धनंजय मुख्यमंत्री के चेम्बर से लगे मीटिंग रूम में पहुँचा तो कोर कमेटी के सभी सदस्य आ चुके हैं। मुख्य सचिव, पुलिस महानिदेशक, डॉ. चौधरी, स्वास्थ्य विभाग के नए प्रमुख सचिव, जी.पी., जया सभी थे। धनंजय ने मीटिंग की शुरुआत करते हुए कहा -

आप सबको पता ही है। इस वायरस का संक्रमण तेज़ी से फैलता जा रहा है। इसका असर रोकने के लिए हम सारी कोशिशें कर रहे हैं। पर अब मुझे लगता है टोटल लॉकडाउन करना होगा। आप लोगों का क्या सोचना है।

- सर, अब हमें यह क़दम उठा लेना चाहिए। इसके बिना हम लोगों को मेल-जोल से रोक नहीं पाएँगे। डॉ. चौधरी ने उसका समर्थन किया।

- अब समय आ गया है। कुछ कड़े क़दम उठाना होंगे। जिसमें से लॉकडाउन भी एक है। मुख्य सचिव रेड्डी ने कहा।

- सर, हमें इसकी घोषणा आज शाम की प्रेस कॉन्फ़्रेंस में कर देना चाहिए। जया ने कहा।

– पर हमें इसकी तैयारियों के लिए कुछ समय चाहिए। पुलिस महानिदेशक सुधा ने कहा।

– ठीक है, आपके पास आज शाम तक का समय है। धनंजय ने कहा। उसके बाद फिर किसी ने कुछ नहीं कहा। मीटिंग समाप्त हो गई। सबके जाने के बाद मुख्यमंत्री के चेम्बर में धनंजय और डॉ. चौधरी रह गए। धनंजय ने डॉ. चौधरी से पूछा –

डॉक्टर बताइए यह लॉकडाउन कितना प्रभावी रहेगा?

– इसका असर हमें टेस्टिंग की संख्या बढ़ाने पर ही मिलेगा। हमें ज़्यादा से ज़्यादा पॉजिटिव केस को और लोगों से अलग करना होगा। ताकि संक्रमण को फैलने से रोका जा सके। डॉ. चौधरी ने कहा।

– तो इसी दिशा में काम करें, स्वास्थ्य विभाग के सारे अमले को टेस्टिंग के काम में लगा दें। धनंजय ने कहा।

इसके बाद डॉ. चौधरी भी चले गए। फिर धनंजय ने जी.पी. को बुलाया और उससे प्रदेश में वायरस के संक्रमण के प्रभावितों की जानकारी लेने लगा। जया, मुख्य सचिव के साथ शाम की प्रेस कॉन्फ्रेंस की तैयारियाँ कर रही थीं। केशव अलग-अलग जिलों में विधायकों और पार्टी के पदाधिकारियों से बात करके फ़ीडबैक ले रहा था।

शाम को पाँच बजे प्रेस कॉन्फ्रेंस का समय हो गया। धनंजय जब प्रेस कॉन्फ्रेंस के लिए पहुँचा तो मीडिया के अधिकांश प्रतिनिधि आ चुके थे। उसके संकेत पर डॉ. चौधरी ने प्रदेश में वायरस के संक्रमण के नए केस और प्रभावों की जानकारी देना शुरू किया। क़रीब पाँच मिनट तक डॉ. चौधरी ने जानकारी दी। इसके बाद धनंजय ने माइक लिया। उसने कहना शुरू किया।

– जैसा कि आप जानते हैं कि वायरस का संक्रमण पूरे प्रदेश में तेज़ी से फैल रहा है। इसके रोकने के हम पूरे प्रयास कर रहे हैं। पर बढ़ते संक्रमण को रोकने के लिए अब हम टोटल लॉकडाउन का क़दम उठा रहे हैं। अब सब घरों में रहेगे कोई बाहर नहीं निकलेगा। केवल ज़रूरी वस्तुओं दूध, सब्ज़ी और दवाइयों की दुकानें खुली रहेगी। इन पर भी लोग सोशल डिस्टेंस का पालन करते हुए सामान ले सकेंगे। धनंजय ने जैसे ही बात समाप्त की। पत्रकार प्रश्न पूछने लगे।

- मुख्यमंत्री जी, इतने क़ठोर क़दम की जरूरत आप क्यों समझते हैं?

- क्योंकि हमें लोगों की जान बचाना है। घरों में रहेंगे तभी वे सुरक्षित रहेंगे। धनंजय ने कहा। दूसरे पत्रकार ने पूछा।

- क्या यह एक अतिवादी निर्णय नहीं है। जब देश के बाक़ी प्रदेश इसे दूसरे तरीक़ों से रोक रहे हैं तो तब इस क़दम का क्या औचित्य है?

- एक ही औचित्य है। हमें हमारे नागरिकों की जान बचाना है।

धनंजय ने स्पष्ट स्वर में कहा। इसके बाद जया ने प्रेस कॉन्फ़्रेंस समाप्त करने की घोषणा कर दी।

प्रेस कॉन्फ़्रेंस के बाद धनंजय अपने चेम्बर में जाकर बैठ गया। इसके बाद पुलिस महानिदेशक सुधा ने लॉकडाउन का पालन कराने के लिए की गई तैयारियों की जानकारी दी। सुधा के जाने के बाद जी.पी. आया। जी.पी. लॉकडाउन से संबंधित कुछ आदेश दिखाने लाया है। जया मीडिया से इस बारे में सही जानकारी देने के प्रयासों में लगी है। इन सब कामों में कब रात हो गई, पता ही नहीं चला।

देर रात को जब मुख्य सचिव रेड्डी मिलकर जाने लगे तब तक डॉ. चौधरी चले गए। फिर जी.पी. जाने की अनुमति लेने आया। उस समय जया भी उसके चेम्बर में थी। जया ने कहा - वह घर नहीं जा रही। वह भी मंत्रालय में रुकेगी। धनंजय ने कहा -

इसकी ज़रूरत नहीं है। वह घर जा सकती हैं।

- नहीं सर, घर पर भी अकेली ही हूँ। मैं यहाँ मैनेज कर लूँगी। मैंने अपने ऑफ़िस रूम में ही सोने की व्यवस्था कर ली है। जया ने स्पष्ट किया।

- ठीक है। जैसा तुम चाहो। कुछ समस्या हो तो केशव या मुझे बिना संकोच के बता देना। धनंजय ने कहा।

फिर जया चली गई। धनंजय टी.वी. ऑन कर समाचार देखने लगा। समाचारों में लॉकडाउन के निर्णय को लेकर राज्य सरकार की तारीफ़ की जा रही है।

रात को एक बार फिर केशव और जया धनंजय के कमरे में है। वो दोनों स्वास्थ्य विभाग से आई रिपोर्ट देख रहे हैं। रिपोर्ट देखकर धनंजय ने कहा -

लगता है, संक्रमण और बढ़ेगा। हमे लॉकडाउन के साथ ही ज़्यादा से ज़्यादा टेस्टिंग पर ज़ोर देना होगा। फिर उसने जया से कहा।

- जया, तुम कल से टेस्टिंग की संख्या बढ़ाने की लिए सभी जिलों में बात करना शुरू करो।

- जी, सर। जया ने कहा।

- केशव, तुम देखो की लॉकडाउन के दौरान कही पर भी ज़रूरी वस्तुओं की कमी से लोग परेशान नहीं हों।

- ठीक है भाई। केशव ने कहा। इसके बाद केशव और जया चले गए। वह भी चेम्बर के बगल में लगे कमरे में जाकर वहाँ लगे बेड पर सोने की कोशिश करने लगा। देर रात तक वह सोचता रहा कि इस वायरस का असर यदि बढ़ गया तो क्या करना होगा।

# 9

सुबह क़रीब नौ बजे जब वह तैयार होकर अपने रूम से निकला तो देखा केशव और जया दोनों उसके चेम्बर में बैठे हैं। धनंजय को देखकर दोनों ने उसे गुड मॉर्निंग कहा। धनंजय ने उनके अभिवादन का जवाब दिया। उसके अपनी कुर्सी पर बैठने के बाद जया ने उसके सामने एक बॉक्स रखा, उसमें सैंडविच रखे हैं। जया ने कहा -

सर, आज तो इसकी ही व्यवस्था हो पाई।

- कोई प्रॉब्लम नहीं। आप लोगों ने लिया? धनंजय ने पूछा।

- अभी लेते हैं, सर। जया ने कहा, फिर उसने एक बॉक्स केशव को दिया और एक ख़ुद ले लिए। फिर वे तीनों मंत्रालय में अपना पहला ब्रेकफ़ास्ट करने लगे। इस बीच धनंजय अपनी टेबल पर रखी रिपोर्ट देखने लगा। तभी जया के मोबाइल पर फ़ोन आया। वह मोबाइल लेकर कमरे के दूसरे कोने में जाकर बात करने लगी। दूसरी ओर से अम्माँ जी लाइन पर थीं। जया ने उनका अभिवादन किया -

- नमस्ते मैडम।

- हमें पता चला कि आप भी मंत्रालय में रुकी हैं, इसी से आपको तकलीफ़ दे रहे हैं। अम्माँ जी ने गरिमामय स्वर में कहा।

- आप आदेश करें, मैडम। जया ने विनम्रता से कहा।

- हम आपको एक काम सौंपना चाहते हैं। आप वहाँ हैं तो धनंजय का ध्यान रखें। अम्माँ ने कहा।

- आप निश्चिंत रहें। जया ने उन्हें आश्वस्त किया।

फिर वह केशव और धनंजय के समीप आ गई। ब्रेकफ़ास्ट के बाद वे तीनों दिन भर की व्यवस्थाओं की तैयारी करने लगे। जया ने बताया आज दस बजे वायरस संक्रमण रोकने के लिए बनाई गई टास्क फ़ोर्स की बैठक

है। केशव ने बताया कि संक्रमण के प्रभावितों की संख्या बढ़कर अब दोगुना हो गई है। केशव ने उन्हें कहा -

दस बजे मीटिंग में तय करते हैं कि आगे क्या करना है।

इसके बाद केशव और जया भी तैयार होने चले गए।

दस बजे के क़रीब धनंजय जब मीटिंग के लिए कॉन्फ्रेंस रूम में पहुँचा तो उसने देखा कि डॉ. चौधरी सहित सभी लोग आ चुके हैं। मीटिंग की शुरुआत में स्वास्थ्य विभाग के प्रमुख सचिव ने संक्रमण के बारे में जानकारी दी। उन्होंने बताया कि जिस रफ़्तार से प्रकरण बढ़ रहे हैं, अगले दो दिन में संक्रमण से प्रभावितों की संख्या एक हज़ार को पार कर जाएगी। डॉ. चौधरी ने कहा -

सर, जिस तरह से संक्रमितों की संख्या बढ़ रही है। हमें टेस्टिंग की संख्या भी बढ़ानी होगी।

- टेस्टिंग किट्स की उपलब्धता कितनी है? धनंजय ने स्वास्थ्य विभाग के प्रमुख सचिव से पूछा।

- जी सर, पर्याप्त है। सप्लाई अभी भी चल रही है। उसने बताया।

- प्रभावित जिलों में उनकी ज़रूरत के अनुसार टेस्टिंग किट्स उपलब्ध करानी होंगी। डॉ. चौधरी ने कहा। धनंजय ने मुख्य सचिव से कहा -

रेड्डी जी, आप इसे मॉनिटर करें। सभी जिलों में टेस्टिंग किट्स पहुँच जाएँ और टेस्ट लगातार हों।

- जी सर। मुख्य सचिव ने कहा।

इसके बाद सामान्य विचार-विमर्श के बाद बैठक समाप्त हो गई।

उस दिन शाम की प्रेस कॉन्फ्रेंस में मुख्य मुद्दा टेस्टिंग किट्स की उपलब्धता कर रहा। मीडिया के लोगों को बताया गया कि राज्य सरकार ने वायरस से लोगों को बचाने के व्यापक प्रबंध किए हैं। लोगों को वायरस के ख़तरे से जागरूक करने के लिए लगातार उन्हें जानकारियाँ दी जा रही हैं। पुलिस बल सख़्ती से लॉकडाउन का पालन करा रहा है। धनंजय ने प्रेस कॉन्फ्रेंस में कहा -

प्रदेश में जिस तरह से संक्रमित लोग मिल रहे हैं उससे निपटने के लिए हम निजी डॉक्टरों और अस्पतालों की मदद भी ले रहे हैं।

प्रेस कॉन्फ्रेंस की समाप्ति के बाद धनंजय और बाक़ी अधिकारी लॉकडाउन के दौरान ज़रूरी वस्तुओं की आपूर्ति बनाए रखने के प्रयासों की मॉनिटरिंग करते रहें।

◈◈◈◈

प्रदेश में टेस्टिंग बढ़ाने के नतीजे मिलने लगे। अगले दिन दोपहर तक वायरस से प्रभावित एक हज़ार नए मरीज़ों की पहचान हो गई। प्रदेश के दस जिलों में ही इनमें से अधिकांश मरीज़ मिले हैं। धनंजय मंत्रालय में अपने चेम्बर में है।

जी.पी. अलग-अलग जिलों से आ रही रिपोर्ट उसके सामने पेश कर रहा है। इन जिलों में वायरस से प्रभावित मरीज़ों को हॉस्पिटल में भेजा जा रहा है। डॉ. चौधरी ने इन मरीज़ों के उपचार के लिए विश्व स्वास्थ्य संगठन की गाइडलाइन के अनुसार निर्देश तैयार किए हैं। इन निर्देशों को सभी जिलों में पदस्थ डॉक्टरों तक भेज दिया गया है।

एक हज़ार मरीज़ों को लोगों से अलग कर रखने के प्रबंध करने की ज़िम्मेदारी संबंधित जिलों के कलेक्टरों को सौंपी गई है। धनंजय ने उस दिन प्रेस कॉन्फ्रेंस जल्दी बुलाने के निर्देश दिए। प्रेस कॉन्फ्रेंस में डॉ. चौधरी ने वायरस के संक्रमण की स्थिति का ब्यौरा दिया। इसके बाद धनंजय ने बताना शुरू किया।

– हमने प्रदेश में टेस्टिंग की संख्या बढ़ा दी है। इससे हम संक्रमित मरीज़ों की पहचान जल्दी कर उन्हें अलग कर सकेंगे। टेस्टिंग की संख्या हमने विश्व स्वास्थ्य संगठन की गाइडलाइन के अनुसार ही बढ़ाई है। इससे आने वाले दिनों में संक्रमित मरीज़ों की संख्या बढ़ेगी। इस बारे में लोगों को जागरूक करें। वे मरीज़ों की बढ़ती संख्या से दहशत में नहीं आएँ, डरें नहीं। यह एक ऐसा वायरस है जिसका सामना हम सबको मिलकर करना है।

इसके बाद मीडिया के प्रतिनिधि प्रश्न पूछने लगे।

– क्या लगता है, यह संक्रमण कब तक ख़त्म हो जाएगा।

– अभी कुछ कह नहीं सकते। डॉ. चौधरी ने कहा।

– लॉकडाउन कब तक रहेगा?

– जब तक हम सारे मरीज़ों की टेस्टिंग नहीं कर लेते। डॉ. चौधरी ने कहा।

इसी तरह के कुछ और प्रश्नों के बाद प्रेस कॉन्फ़्रेंस समाप्त हो गई।

प्रेस कॉन्फ़्रेंस के बाद धनंजय अपने चेम्बर में बैठा है। उसी समय मुख्य सचिव रेड्डी और पुलिस महानिदेशक सुधा दोनों आए। धनंजय का अभिवादन कर वे दोनों बैठ गए। शुरुआत सुधा ने की।

– सर, हम लॉकडाउन का पालन सख़्ती से करा रहे हैं। पर घनी बस्तियों में लोग मान नहीं रहे है। वहाँ कई बार वे बाहर आ रहे हैं।

– आप क्या चाहती हैं? धनंजय ने पूछा।

– सर, हो सकता है कि हमें बल प्रयोग करना पड़े। आप तक इसकी शिकायतें आ सकती हैं। सुधा ने स्पष्ट किया।

– ठीक है, आप अपना काम करिए। धनंजय ने कहा।

– सर, एक बात और है। टेस्टिंग की संख्या बढ़ने से संक्रमित मरीज़ों की संख्या भी बढ़ेगी। मुख्य सचिव रेड्डी ने कहा।

– ठीक है, बढ़ने दीजिए। धनंजय ने कहा।

– सर, मीडिया इसे दूसरे तरीक़े से प्रस्तुत कर सकता है। रेड्डी ने कहा।

– हमें मीडिया की नहीं लोगों की जान की चिंता है। धनंजय ने स्पष्ट कहा। उसके बाद मुख्य सचिव और पुलिस महानिदेशक चले गए। उनके जाने के बाद धनंजय ने जया को बुलाने के लिए दरबान को कहा। कुछ देर बाद जया आई। उसके बैठने के बाद धनंजय ने कहा –

– जया, टेस्टिंग की संख्या बढ़ने से संक्रमित मरीज़ों की संख्या भी बढ़ेगी। मुख्य सचिव की चिंता है कि मीडिया इसे नकारात्मक रंग दे सकता है।

– जी सर। मैं कोशिश करती हूँ। जया ने कहा।

– मीडिया में बात कर बताओ कि ज़्यादा टेस्टिंग करना जनहित में है। धनंजय ने कहा।

– सर, मैं मैनेज करती हूँ। जया ने कहा। इसके बाद वह धनंजय से अनुमति लेकर चली गई।

उधर केशव के पास भी जिलों से संक्रमण की सूचनाएँ आ रही थीं। प्रदेश के अधिकांश जिलों में वायरस का संक्रमण फैल चुका है। वह यह जानकारी धनंजय को दे रहा था। उसी वक़्त धनंजय की टेबल पर रखे

टेलीफ़ोन की घंटी बजने लगी। उधर से उनके पी.ए. ने बताया हाई कमान के कार्यालय से फ़ोन है, वह बात करना चाहते हैं। धनंजय ने कहा दे दो। पी.ए. ने फ़ोन दिया, कुछ देर बाद वह लाइन पर आए – धनंजय जी कैसे हैं?

– नमस्ते, मैं ठीक हूँ। धनंजय ने उत्तर दिया।

– आपके प्रदेश में संक्रमण की स्थिति बिगड़ती जा रही है। वह सीधे मुद्दे की बात पर आए।

– ऐसा नहीं है, सर। धनंजय ने कहा।

– तो फिर आपके यहाँ संक्रमण से प्रभावितों की संख्या लगातार बढ़ क्यों रही है? उन्होंने प्रश्न किया।

– हमने टेस्टिंग की संख्या बढ़ाई है, इससे संक्रमितों की संख्या बढ़ रही है। धनंजय ने स्पष्टीकरण दिया।

– हम कुछ नहीं जानते। आपके यहाँ संख्या बढ़ने से आपकी सरकार की इमेज तो ख़राब हो ही रही है, हमारी पार्टी की इमेज भी ख़राब हो रही है। उन्होंने कहा।

– पर... धनंजय ने प्रतिरोध करना चाहा।

– कुछ नहीं जैसे भी हो, इस स्थिति को सुधारें। हाईकमान ने आदेशात्मक स्वर में कहा। फिर लाइन कट गई।

धनंजय कुछ क्षण चुपचाप रहा, फिर उसने गुस्से से कहा –

– क्या बकवास है। केशव फ़ोन सुनकर समझ गया था। इसलिए वह चुप रहा। उधर धनंजय ने बेल बजाकर दरबान को बुलाया, फिर कहा –

जी.पी. को बुलाओ, तुरंत। दरबान चला गया।

कुछ देर बाद जी.पी. धनंजय के कक्ष में आया।

धनंजय ने जी.पी. को बैठने का इशारा किया। फिर कहा –

जी.पी. संक्रमित मरीज़ों की बढ़ती संख्या से जा रहे मैसेज को कैसे ठीक कर सकते हैं। जी.पी., पुराना घाघ अफ़सर है। वह समझ गया। अपनी ज़्यादातर नौकरी में उसका वास्ता इस तरह की घटनाओं से पड़ा है, जब उनका प्रभाव कम दिखाने के लिए सरकारें आँकड़ों में हेराफेरी करती रही हैं। उसने धीमे से कहा।

- सर, मैं स्वास्थ्य विभाग के प्रमुख सचिव से बात करके आपको आधे घंटे में रिपोर्ट करता हूँ।

- ठीक है। धनंजय ने कहा। फिर जी.पी. चला गया। धनंजय ने केशव से कहा अम्माँ से बात करता हूँ। उसने सुरेश को फ़ोन लगाया। उसके फ़ोन उठाने पर उसने कहा - सुरेश, अम्माँ कहाँ हैं? उधर से सुरेश ने कुछ कहा। धनंजय ने कहा - अच्छा ठीक है, जब अम्माँ पूजा कर लें तो बात करा देना। फिर फ़ोन काट दिया, उसने केशव से कहा - केशव क्या सोचते हो, हमें जैसा हाईकमान चाह रहे हैं, करना चाहिए क्या?

- हाँ, अब उनकी बात तो माननी पड़ेगी। केशव ने कहा।

कुछ देर बाद वे दोनों इसी उधेड़बुन में लगे रहे। फिर सुरेश का फ़ोन आया। धनंजय ने अम्माँ को सारी बात बताई। उधर से अम्माँ ने जो कहा, गंभीरता से सुनता रहा। फिर उसने फ़ोन रख दिया। और केशव से कहा -

अम्माँ कह रही हैं, जैसा हाईकमान चाह रहे हैं, वैसा करना चाहिए। यदि सलाह की ज़रूरत हो तो दिगंबर जी से बात करने को कह रही हैं।

- अभी देख लेते हैं, जी.पी. क्या करता है। केशव ने कहा।

इस बीच केशव ने दरबान को बुलाकर चाय के लिए बोला। उन दोनों को मंत्रालय में ही रहते हुए आज तीन दिन हो गए हैं।

वो दोनों जब चाय पी रहे थे, उसी वक़्त जी.पी. अंदर आया।

उसके साथ स्वास्थ्य विभाग का प्रमुख सचिव भी हैं। जी.पी. ने धनंजय की ओर देखते हुए कहा -

सर, हम दोनों ने वर्क आउट कर लिया है। दो तरीक़े हो सकते हैं। पहले में हम संक्रमित मरीज़ के संपर्क में आने वाले लोगों का टेस्ट नहीं करेंगे जिससे अपने आप नए संक्रमितों की संख्या में कमी आ जाएगी। इतना कहकर वह रुक गया।

- और दूसरा तरीक़ा क्या है? धनंजय ने पूछा।

- दूसरे तरीक़े में हम संभावित लक्षण वाले मरीज़ों के बजाय ऐसे मरीज़ों का टेस्ट करेंगे, जिनके नेगेटिव आने की संभावना होगी। इस तरह टेस्टिंग के बाद भी पॉजिटिव मरीज़ों की संख्या कम आएगी। इससे यह मैसेज जाएगा कि संक्रमण ख़त्म हो रहा है। जी.पी. ने विस्तार से बताया।

- ठीक है। दोनों तरीक़े अमल में लाओ। धनंजय ने कहा।

- पर, एक बात का ध्यान रखना। यह बात इनहाउस रहे, बाहर नहीं जाए। उसने आगे कहा।

- आप निश्चिंत रहें सर। जी.पी. ने कहा, उसके साथ स्वास्थ्य विभाग के प्रमुख सचिव ने सहमति दिखाई। इसके बाद वो दोनों चले गए।

उनके जाने के बाद केशव भी उठ गया। उसने कहा – मैं थोड़ा देखता हूँ, जया क्या कर रही है। फिर वह चला गया।

अब मुख्यमंत्री के चेम्बर में धनंजय अकेला रह गया। उसने अपने सामने लगी पेंटिंग को देखा जिसमें ग्रामीण आदिवासी उत्साह से भरे परंपरागत लोक नृत्य कर रहे थे। तभी जया अंदर आई। उसने धनंजय के सामने रखी कुर्सी पर बैठते हुए कहा –

सर, मैं कुछ कहना चाहती हूँ।

- हाँ जया कहो। धनंजय ने पेंटिंग से नज़रें हटाते हुए कहा।

- सर, यह सही नहीं है, जो जी.पी. सर बता रहे हैं। जया ने उत्तेजना से कहा।

- सर, यह हमारे प्रदेश के लिए हमारे लोगों के लिए ठीक नहीं है। उसने लगातार बोलते हुए कहा।

- देखो, जया ऐसा है, कई बार हमें अनचाहे भी बहुत कुछ करना पड़ता है। धनंजय ने उसे समझाना चाहा।

- पर, सर इससे तो लोग मर जाएँगे और पता भी नहीं चलेगा। जया ने फिर कहा।

- हाँ, तुम सही हो पर इस वक़्त हमे यह करना पड़ेगा। तुम नहीं समझोगी, राजनीति की भी अपनी कुछ मजबूरियाँ होती हैं। धनंजय ने कहा। इसी बीच केशव ने बात को बदला, वह कुछ देर पहले ही कमरे में आया है और उनकी बातों को सुन रहा था।

- अरे छोड़ो इन बातों को अभी, खाना आ गया है। आज मैंने स्पेशल खाना बुलवाया है। केशव ने कहा और धनंजय उठ गया तो जया भी उठ गई। वो तीनों खाने के लिए एंटी चेम्बर की ओर बढ़ गए। खाना खाते वक़्त भी धनंजय और जया चुप रहे। केशव बीच-बीच में चुप्पी को तोड़ने की कोशिश करता रहा। इसी बीच जया के मोबाइल पर कोई फ़ोन आ गया।

शायद उसके घर से। वह इशारे में धनंजय की अनुमति लेकर उठ गई और बाहर जाकर बात करने लगी।

खाना खाने के बाद धनंजय और केशव मंत्रालय की लॉबी में टहलने लगे। इसी समय अम्माँ का कॉल उसके सेलफ़ोन पर आया। अम्माँ को धनंजय की चिंता हो रही थी। धनंजय ने उन्हें कहा – अम्माँ स्वास्थ्य कैसा है।

– ठीक है बेटा। अम्माँ ने कहा।

– आप अपना ध्यान रखें अम्माँ। उसने कहा।

– हाँ, हम ठीक हैं। आप भी अपना ध्यान रखें। अम्माँ ने कहा।

इसके बाद उन्होंने बात को समाप्त कर दिया।

# 10

अगले दो-तीन दिनों में प्रदेश में संक्रमण की स्थिति सुधरने लगी, पर आँकड़ों में। जैसे ही टेस्टिंग की दिशा बदली संक्रमण से प्रभावितों की संख्या में कमी आने लगी। जी.पी. की योजना कामयाब हो रही थी। मीडिया में भी समाचारों का रुख़ बदलने लगा। प्रेस कॉन्फ्रेंस में भी स्थिति में सुधार का दावा किया जाता रहा। हालाँकि डॉ. चौधरी इस सब से बहुत ज़्यादा ख़ुश नहीं थे। उनका अब भी मानना था संक्रमण के मरीज़ तो होंगे पर टेस्ट नहीं होने से पता नहीं चल रहे। इससे बाद में स्थिति बिगड़ सकती है। उधर हाईकमान भी इस स्थिति से ख़ुश हैं क्योंकि अब उनकी इमेज पर कोई आँच नहीं आ रही है।

उधर जानकी आई को गाँव आए एक सप्ताह होने को आए हैं। उसका गाँव राजधानी से कोई पाँच सौ किलोमीटर दूर है। गाँव के पास से नदी बहती है, जो पूरे प्रदेश से होती हुई समुद्र में मिलती है। नदी के किनारे-किनारे इस गाँव के किसानों के खेत हैं जिन में सिंचाई के लिए सीधे नदी से पाइप डाल रखे हैं किसानों ने। सिंचाई के चलते ही इस गाँव के किसान अन्य गाँवों के किसानों की तुलना में सम्पन्न हैं। गाँव में लगभग दो सौ परिवार होंगे। आसपास के गाँवों के लिए यह गाँव बड़ा आर्थिक केंद्र है।

इसी गाँव में जानकी के बेटा और बहू रहते हैं। जानकी के बेटे के पास अच्छी-खासी खेती की ज़मीन है। उसकी ज़रूरतों की पूर्ति के बाद भी काफ़ी अनाज बच जाता है। उसका एक बेटा है, जो देश के आई.टी. हब में अच्छी नौकरी कर रहा है। वैसे तो जानकी का इरादा बेटे-बहू से मिलकर दो-तीन दिन में लौट आने का था। पर जब उसे पता चला कि उसका पोता भी गाँव आने वाला है तो वह उससे मिलने की लालसा में रुक गई। जब वह गाँव आई थी तो प्रदेश में संक्रमण की शुरुआत हो रही थी। पर अब शहरों में संक्रमण फैल चुका है। जानकी नहीं जानती थी कि बड़े शहरों में

संक्रमण के कारण लॉकडाउन हो गया है। लगभग सभी छोटे-बड़े उद्योग बंद हो चुके हैं। इसी कारण उसका आई.टी. इंजीनियर पोता भी लौट रहा है।

लॉकडाउन के बाद हवाई सेवाएँ और रेल सेवाएँ बंद हो गईं। जानकी का पोता भी अपने जैसे दूसरे युवाओं के साथ सिलिकॉन सिटी में फँस गया। कुछ दिन जैसे-तैसे बिताने के बाद उसने अपने दो दोस्तों के साथ वापस लौटने का फ़ैसला किया। उन लोगों ने काफ़ी रुपये ख़र्च कर एक टैक्सी का इंतज़ाम किया और एक हज़ार किलोमीटर से ज़्यादा की यात्रा पर चल पड़े। रास्ते भर उन्हें बदहवासी और दहशत का माहौल मिला। हर कोई वायरस के संक्रमण के डरा हुआ था। रास्ते के लिए रखे बिस्किट और नमकीन के सहारे वो लोग तीन दिन में अपने प्रदेश में पहुँचने में सफल हुए। अपने दोस्तों को उनके गाँवों में छोड़कर जानकी का पोता नितिन भी अपने घर पहुँच गया।

नितिन को वापस अपने घर पर देखकर उसकी माँ और पिता बेहद खुश हो गए। पर सबसे ज़्यादा खुश तो जानकी थी। नितिन को भी अपनी दादी से विशेष लगाव है। जिस दिन नितिन लौटा उस रात को दादी और पोता देर तक बैठकर बात करते रहे। नितिन के पास अपनी पढ़ाई और नौकरी को लेकर बताने के लिए बहुत सी बातें थीं तो जानकी के पास भी नितिन की बचपन से जुड़ी यादों का पिटारा है जिसमें से वह कभी कुछ तो कभी कुछ देर तक निकालती रही। दादी और पोते की बातों का यह सिलसिला देर रात तक चला।

अगले दिन नितिन सुबह तैयार होकर अपने गाँव के दोस्तों से मिलने चला गया। जब वह दोपहर को लौटा तो दादी अपने पोते के लिए खाने में ढेर सी चीज़ें बनवाकर इंतज़ार कर रही थी। उस रात को फिर दादी-पोते की महफ़िल जमी, इस बार इसमें जानकी के बेटा और बहू भी शामिल हो गए। दादी का ज़ोर इस बार पोते के लिए बहू ढूँढ़ने पर था। आख़िर जब बहुत ज़्यादा दवाब बना तो नितिन ने धीरे से बताया कि उसने अपने लिए पत्नी या दादी के लिए बहू तलाश ली है। वह उसी के साथ नौकरी करती है। नितिन की माँ और पिता कुछ कहते इसके पहले ही दादी तैयार हो गई। नितिन ने अपने मोबाइल पर उन सबको इशिका का फ़ोटो भी दिखाया। उस रात जब जानकी सोई तो उसकी आँखों में पोते की शादी से जुड़े सपने थे।

अगले दिन सुबह जब जानकी उठी तो उसे तबीयत ठीक नहीं लगी। उसे हल्की खाँसी लगी और हल्का सा बुखार। उसने इसे हल्के में लिया और बहू को काढ़ा बनाने को कहा। काढ़ा लेने के बाद उसे ठीक लगा और वह रोज़मर्रा के काम में लग गई। पर दोपहर में उसे फिर बुखार हो गया। नितिन और उसके पिता जब दोपहर बाद खेत से लौटे तो उन्हें जानकी की तबीयत को लेकर चिंता हो गई। वह उसे तुरंत गाँव के प्राथमिक स्वास्थ्य केंद्र लेकर गए। वहाँ पता चला कि डॉक्टर तो सुबह आए थे वह शहर के लिए निकल गए। अब वो कल सुबह ही आएँगे। स्वास्थ्य केंद्र में मौजूद वार्ड बॉय ने उन्हें जानकी को पास के शहर में ले जाकर डॉक्टर को दिखाने की सलाह दी।

नितिन ने गाँव में अपने कुछ दोस्तों से बात कर जीप का इंतज़ाम किया। शाम को वह और उसके पिता शहर के लिए जानकी को लेकर निकल गए। रास्ते में जानकी को साँस लेने में भी तकलीफ़ होने लगी। नितिन समझ रहा था कि दादी को सारे लक्षण वायरस के संक्रमण से प्रभावित होने के लग रहे हैं। पर वह पिता और दादी को बताकर उन्हें चिंतित नहीं करना चाहता था, इसलिए चुप रहा।

शहर पहुँचने पर वह सीधे सरकारी अस्पताल में पहुँचे जहाँ मौजूद डॉक्टर ने जानकी की जाँच की और लक्षणों को देखते हुए उन्हें संक्रमण के मरीज़ों के लिए तय किए अस्पताल में जाने के लिए रेफ़र कर दिया। जब वे लोग संक्रमण के मरीज़ों के लिए निर्धारित अस्पताल पहुँचे तो जानकी की हालत को देखते हुए उसे तुरंत गहन चिकित्सा कक्ष में भर्ती कर लिया गया।

उस दिन धनंजय की नींद सुबह देर से खुली। जब वह फ्रेश होने के बाद चाय का कप लेकर बैठा तो कई बुरी ख़बरें उसका इंतज़ार कर रही थीं। वायरस के संक्रमण ने एक बार फिर ज़ोर पकड़ लिया है। कई ऐसे मरीज़ों की मौत हो रही है जिनका टेस्ट नहीं हुआ था, पर उनमें लक्षण संक्रमण के थे। इस तरह के बीस मरीज़ों की मृत्यु प्रदेश में अलग-अलग जिलों में पिछले चौबीस घंटे में हो चुकी थी। इन ख़बरों ने उसे चिंतित कर दिया।

इसी समय केशव उसके कमरे में आया। केशव ने बैठते हुए कहा - भाई, ख़बरें अच्छी नहीं हैं। यह वायरस का संक्रमण तो फैलता जा रहा है।
– हाँ, बीस लोगों की मौत 24 घंटे में। चिंता हो रही है। धनंजय ने कहा।
– इसका कोई इलाज भी तो नहीं है। केशव ने कहा।

- डॉ. चौधरी को बुलाओ। उनसे पूछते हैं। धनंजय ने कहा। इसी बीच उसका फ़ोन बजने लगा। उसने देखा उधर से सुरेश है। उसने उठाया, उधर से सुरेश की घबराई सी आवाज़ आई -

भैया, भैया...

- हाँ, बोलो सुरेश क्या हुआ? धनंजय ने पूछा।

- भैया, वो... आगे सुरेश बोल नहीं पाया।

- क्या हुआ। अम्माँ ठीक हैं? धनंजय ने ज़ोर से पूछा।

- हाँ, भैया अम्माँ ठीक हैं पर... सुरेश फिर चुप हो गया।

- भैया, जानकी आई, गाँव गई थी। आज सुबह उसके बेटे का फ़ोन आया। वह नहीं रही। सुरेश ने रुक-रुक कर कहा।

- जानकी आई, क्या हुआ उन्हें? धनंजय इस ख़बर से शॉक्ड हो गया। उसने पूछा।

- उनका बेटा कह रहा था, शायद इस वायरस ने उन्हें मार दिया। साँस लेने में दिक़्क़त होने लगी थी। अस्पताल ले गए, पर बच नहीं पाई। सुरेश ने बताया।

- तुम्हारे पास नंबर होगा उनके बेटे का, बताओ केशव को। इतना कह कर उसने सेलफ़ोन केशव को दे दिया। वह अब ख़ुद को रोक नहीं पाया उसके आँसू बाहर आने को थे। वह उठकर वॉशरूम में चला गया। वहाँ जाकर वह रोने लगा। जानकी ने उसे बचपन से माँ का प्यार दिया था। अम्माँ को तो अपनी राजनीति के चलते फ़ुर्सत ही नहीं थी। एक-एक कर बचपन के पल उसकी आँखों के सामने आने लगे। वह कुछ देर बाद वॉशरूम से चेहरा धोकर बाहर आया। उसकी आँखें अभी भी भरी थी। उसने केशव को कहा -

जानकी आई के बेटे को फ़ोन लगा दो। केशव ने फ़ोन लगाकर उसे दे दिया। कुछ देर बाद जानकी का बेटे ने फ़ोन उठाया।

- हेलो। उसने कहा।

- मैं धनंजय बोल रहा हूँ। धनंजय ने कहा।

- जी भैया। उधर से जानकी के बेटे ने कहा।

- बहुत दुख हुआ, आई की ख़बर सुन कर। धनंजय ने कहा।

- दो दिन पहले तक तो पोते नितिन के आने से ख़ुश थी। फिर यह

अचानक बीमारी ने... आगे वह कह नहीं पाया।

- हमें बहुत दुख है। होनी को कौन रोक सकता है। कुछ मदद की ज़रूरत हो तो बिना संकोच के कहना। वह कह ज़रूर रहा था, पर उसे अपने शब्दों का खोखलापन महसूस हो रहा था।

- जी, भैया। उसने जवाब दिया, फिर धनंजय ने फ़ोन काट दिया। वह चुप रहा। फिर केशव भी उठकर चला गया। शायद वह समझ गया कि धनंजय को अब कुछ वक़्त के एकांत की ज़रूरत है। केशव के जाने के बाद वह एक बार फिर अतीत में चला गया। स्कूल से लौटता छोटा बच्चा धनंजय। अम्माँ नहीं होती थी महल में। जानकी की देखभाल और ममता ने उसे सहारा दिया। अब वो ही इस दुनिया में नहीं है।

इस बीच दो बार केशव आकर धनंजय को देख गया है। उसकी मनोस्थिति को देखते हुए उसने बात नहीं की। डॉ. चौधरी को भी उसने मुलाक़ात से मना कर दिया है। जया भी एक बार आकर देख गई है। जी.पी. अपने कमरे में फ़ाइल वर्क कर रहा है। मुख्य सचिव रेड्डी भी आकर बिना मिले वापस लौट गए हैं।

बहुत देर तक धनंजय सोचता रहा। जानकी जैसे कितने लोग मौत के मुँह में चले जाएँगे यदि समय रहते क़दम नहीं उठाए गए। सरकार और हाईकमान की इमेज ज़रूरी है या लोगों की ज़िंदगियाँ...! और जब लोग ही नहीं रहेंगे तो वो क्या करेगा। कैसा प्रदेश होगा और कैसे प्रदेश का वह मुख्यमंत्री होगा...

- हाईकमान की नाराज़गी से ज़्यादा ज़रूरी है लोगों को बचाना, चाहे कितने भी टेस्ट कराने... पड़ें... वो कराने होंगे...

- मुख्यमंत्री की कुर्सी ज़रूरी है या लोगों की ज़िंदगियाँ...

ऐसे मौक़े तो जीवन में कभी-कभी ही आते हैं।

उसने सोचा चाहे जो हो लोगों को बचाना होगा।

वह आख़िर निर्णय पर पहुँच गया।

कुछ देर रुक कर उसने पी.ए. को इंटरकॉम पर कहा - मुख्य सचिव और बाक़ी कोर टीम को आधे घंटे में बुलाएँ।

अब उसे अगले आधे घंटे में एक्शन प्लान बनाना होगा, वो इसमें लग गया...

आधे घंटे बाद वह कोर टीम की बैठक में पहुँचा। कोर टीम के सभी सदस्य मुख्य सचिव, पुलिस महानिदेशक, स्वास्थ्य के सचिव, डॉ. चौधरी, जी.पी., जया, केशव सभी मौजूद थे। धनंजय ने शुरुआत की –

– हम वायरस से लड़ने की रणनीति बदल रहे हैं। अब हमारा पूरा ज़ोर टेस्टिंग, मरीज़ों को अलग करने, उनके इलाज और जागरूकता पर रहेगा। फिर उसने स्वास्थ्य विभाग के सचिव सतीश को कहा।

– नीचे तक मैसेज पहुँच जाए टेस्टिंग बढ़ाना है। मुख्य सचिव सभी कलेक्टरों से बात कर मरीज़ों के अलग करने भी इंतज़ाम कराए। इतना कह कर वह रुका फिर कहने लगा –

केशव और जया की ज़िम्मेदारी नागरिकों को जागरूकता लाने में रहेगी। सब लोग रोज़ रिपोर्ट करेंगे। आज से बल्कि अभी से काम में लग जाएँ। उसने संक्षिप्त मीटिंग समाप्त की।

– धन्यवाद। डॉ. चौधरी रुक जाएँ। उनसे मुझे बात करनी है। बाक़ी लोग जा सकते हैं। अब धनंजय सचमुच एक मुख्यमंत्री की तरह व्यवहार कर रहा है। सबके जाने के बाद डॉ. चौधरी ने धनंजय को देखकर कहा –

नाउ, आय एम सीइंग रियल सी.एम.। अब हम सच्चे मुख्यमंत्री को देख रहे हैं। उन्होंने आगे कहा –

– टेस्टिंग बढ़ाने का फ़ैसला लोगों के लिए ज़रूरी था।

– डॉक्टर, मैंने आपको अपनी तारीफ़ सुनने के लिए नहीं रोका है। धनंजय ने उन्हें रोकते हुए कहा।

– मैं जानता हूँ। कहिए। डॉ. चौधरी ने कहा।

– डॉक्टर, हमें हर जिले में आपके जैसा एक डॉक्टर चाहिए जो प्रशासन की टीम को मेडिकल गाइडेंस दे सके। मेरी योजना में इनकी महत्त्वपूर्ण भूमिका है। धनंजय ने बताया।

– मैं देखता हूँ। हम कितने डॉक्टर को ढूँढ़ सकते हैं जो जिले की टीम को गाइडेंस दे सकें। डॉ. चौधरी ने कहा।

– आप हर जिले में बात करिए। हमें हर हाल में ऐसे डॉक्टर चाहिए जो वायरस के संक्रमण का ज्ञान रखते हों और इस कठिन समय में अपनी सेवा की शपथ को याद रखते हों। और मैं जानता हूँ डॉक्टर, आप यह काम

कर लेंगे। धनंजय ने एक वास्तविक नेतृत्वकर्ता की तरह डॉक्टर पर अपना भरोसा व्यक्त किया।

- मुझे आप कल तक का समय दीजिए। मैं डॉक्टर्स से बात कर आपसे मिलता हूँ। डॉ. चौधरी ने कहा।

- ठीक है, डॉक्टर तो फिर कल मिलते हैं। धनंजय ने बात समाप्त की। डॉक्टर चेम्बर से बाहर निकल गए। अभी धनंजय को बहुत से काम करने थे।

धनंजय ने फिर केशव को बुलवाया। केशव के आने पर उसने कहा –

केशव हमें लोगों को अपना टेस्ट कराने के लिए प्रेरित करना होगा। वे वायरस से संक्रमण के लक्षण देखते ही तुरंत टेस्ट के लिए अस्पताल पहुँचें। इस काम में हमें जनप्रतिनिधियों की मदद की ज़रूरत होगी।

- ठीक है भाई। केशव ने कहा।

- तुम एक काम करो। सारे विधायकों से बात करो। वो इस काम में मदद करें। कोई विधायक सहयोग नहीं करता है तो मेरी बात कराना। धनंजय ने कहा।

- ठीक है। मैं करता हूँ। केशव ने उठते हुए कहा।

- विधायकों को अब इस काम में लगना होगा। प्रदेश को इस संक्रमण से बचाना है। और हाँ, लोगों में जागरूकता लाने वाले काम जया को करने दो। उसे बता देना कहीं भी कोई समस्या हो तो मुझे बताए। धनंजय ने बात को स्पष्ट करते हुए कहा। केशव चला गया।

धनंजय ने इसके बाद मुख्य सचिव और पुलिस महानिदेशक को बुलवाया। आधे घंटे बाद रेड्डी और सुधा दोनों उसके सामने बैठे हैं। धनंजय ने कहा –

आप दोनों प्रदेश के प्रत्येक जिले में कलेक्टर और एस.पी. का आकलन कर लें। दोनों में से एक हर जिले में लीडरशिप के गुण वाला होगा। उसे चुनो, और उसे कहो दूसरे को साथ लेकर काम करें। उन दोनों को अपने जिले में अब लोगों को बचाने का बड़ा काम करना है।

- ठीक है, सर। हम दोनों साथ बैठकर यह करते हैं। रेड्डी ने कहा।

इसके बाद वो दोनों चले गए। धनंजय अपने चेम्बर में अकेला था। फिर कुछ सोच कर उसने अपने पी.ए. को इंटरकॉम से फ़ोन लगाया और

अपने मंत्रियों से बात कराने को कहा। अगले दो-ढाई घंटे तक वह अपने मंत्रियों से बात कर उनके क्षेत्र में संक्रमण की स्थिति की जानकारी लेता रहा। कुछ मंत्री अपडेट थे तो कुछ अनभिज्ञ थे।

इन सब कामों में कब शाम हो गई, पता ही नहीं चला। शाम को जब एक बार बैठकर केशव के साथ उसने बात की तो पता चला कुछ विधायक इस नए काम को लेकर उत्साहित थे तो कुछ अनिच्छुक थे। उसने केशव को अनिच्छुक विधायकों के स्थान पर सक्रिय मंत्रियों के नाम जोड़कर एक सूची तैयार कर ली, जिसमें हर जिले के लिए एक जनप्रतिनिधि उसकी योजना को अमल में लाने के लिए तैयार था। उस दिन शाम की प्रेस कॉन्फ़्रेंस रूटीन की रही। उसमें डॉ. चौधरी ने जानकारी दी कि प्रदेश में टेस्टिंग पर ज़ोर दिया जा रहा है। बाक़ी सामान्य जानकारियाँ मीडिया को दी गईं।

रात को एक बार फिर धनंजय ने केशव और जया के साथ बैठकर सूची पर चर्चा की। जया ने लोगों को जागरूक करने के लिए मीडिया की मदद की जो योजना बनाई है, उस पर भी विचार किया। उस दिन काफ़ी तैयारियाँ हो गई थीं। अब इन्हें कल अंतिम रूप देना था। कल इसके लिए फिर कोर कमेटी की बैठक रखी है।

रात को क़रीब 9 बजे जया एक बार फिर धनंजय के कमरे में आई। उसने देखा धनंजय अभी भी अपनी डायरी में कुछ नोट कर रहा है। उसकी टेबल पर खाने का पेकेट वैसे का वैसा रखा है। उसने पैकेट खोला और धनंजय के सामने रखा और कहा -

सर पहले खाना खा लीजिए। धनंजय ने डायरी में लिखते-लिखते सिर उठाकर कहा -

हाँ, मैं खा लूँगा।

- नहीं सर, अम्माँ जी का फ़ोन आया था। उन्होंने कहा है आपको समय से डिनर करना है। जया ने कहा।

- ओ.के. ! धनंजय ने अपने हाथों को सेनेटाइज किया। फिर उसने खाना शुरू करते हुए जया से पूछा।

- केशव और तुम्हारा डिनर हो गया?

- हाँ सर। हम ले चुके हैं। जया ने बताया। डिनर के बाद धनंजय लॉबी में टहलने लगा। जया उसे शुभ रात्रि कह कर अपने ऑफ़िस या कमरे में चली गई।

# 11

अगले दिन मंत्रालय में सुबह कोर कमेटी की बैठक है। उसके पहले धनंजय ने संक्रमण से अधिक प्रभावित कुछ जिलों में बात करके फ़ीडबैक ले लिया है। बैठक में शुरू में ही उसने कल सौंपे गए कामों की प्रगति की जानकारी ली। पहले डॉ. चौधरी ने बताया -

सर, सभी जिलों में एक-एक वरिष्ठ डॉक्टर को चुन लिया है। यह उनकी सूची है। डॉक्टर ने धनंजय को एक सूची दी। फिर उसने केशव की ओर देखा, केशव ने भी एक सूची धनंजय को दी।

- भाई, इसमें हर जिले के लिए एक जनप्रतिनिधि का नाम है। उसके मोबाइल नंबर सहित।

- बढ़िया। और आपकी सूची? धनंजय ने मुख्य सचिव से पूछा।

- सर, तैयार है। रेड्डी ने भी एक सूची धनंजय को दी। फिर धनंजय ने सारी सूचियाँ जी.पी. को देते हुए कहा।

- इन सभी सूचियों में से हर जिले के लिए एक विधायक या मंत्री, एक वरिष्ठ डॉक्टर और प्रशासनिक अधिकारी की टीम बनाओ।

- जी सर। जी.पी. ने कहा।

- अभी तुरंत, मीटिंग चल रही है तब तक ले आओ। धनंजय ने कहा - जी.पी. मीटिंग से उठकर चला गया। फिर धनंजय ने कहा।

- अब आप सब समझ गए होंगे कि ये टीमें हमारे हर जिले के लिए कोर टीमें होंगी। जो इस वायरस को रोकने के लिए फ्रन्ट पर काम करेंगी। ये बताएँगी कि फ़ील्ड में किन चीज़ों की ज़रूरत है। हम यहाँ से उनकी ज़रूरतें पूरी करेंगे। उसने अपनी रणनीति बताई।

- अब टेस्टिंग, आइसोलेशन और उपचार पर ज़ोर देंगे। जितनी जल्दी हो सके हमें हर संदिग्ध मरीज़ का टेस्ट करना है। उसने कहा।

- सर, टेस्टिंग के लिए जानी वाली टीमों को पी.पी.ई. किट्स देना होंगे। डॉ. चौधरी ने कहा।

- यह काम सचिव स्वास्थ्य का रहेगा। धनंजय ने कहा।

- और सैंपल की संख्या बढ़ जाएगी, तो हमारे यहाँ की लैब की क्षमता भी देखना होगी। डॉ. चौधरी ने अपनी शंका व्यक्त की।

- उसके लिए मैंने केंद्र में बात की थी। उन्होंने हमें प्राइवेट लैब का उपयोग करने की अनुमति दे दी है। धनंजय ने बताया फिर उसने आगे कहा।

- डॉ. चौधरी यह महत्त्वपूर्ण है सेम्पलिंग और टेस्टिंग के काम की मॉनिटरिंग आप को करनी होगी।

- यस, यह मैं करूँगा। डॉ. चौधरी ने उत्साह से कहा।

- और मिस्टर रेड्डी आप टेस्टिंग टीमों की ज़रूरतों का ध्यान रखेंगे। उसने मुख्य सचिव को कहा। फिर पुलिस महानिदेशक सुधा को कहा।

- आप और जया लॉकडाउन का पालन करने और लोगों को जागरूक करने के काम की मॉनिटरिंग करेंगे।

- जी सर। सुधा ने कहा।

- एक बात और, हम हर रात को एक बार बैठेंगे और दिन भर के कामों की समीक्षा करेंगे। फिर कुछ क्षण रुक कर कहा -

अब आप काम में लग जाइए। रात को आठ बजे मिलते हैं। एक बात और किसी को कोई भी शंका या समस्या हो मुझे कभी भी बता सकते हैं। धन्यवाद। उसने मीटिंग समाप्त की। सब एक-एक कर जाने लगे। आख़िर में वह और केशव दोनों बच गए। केशव ने पूछा -

- शाम को पत्रकार वार्ता करेंगे क्या भाई?

- हाँ ज़रूर करेंगे। धनंजय ने कहा।

- तो फिर जया से कह कर तैयारी करा लेता हूँ।

- ठीक है। इसके बाद केशव चला गया।

रात को आठ बज रह रहे हैं। मंत्रालय में मुख्यमंत्री धनंजय के चेम्बर में कोर कमेटी की बैठक। इसके पहले धनंजय को दिन भर के संक्रमण प्रभावितों की रिपोर्ट जी.पी. देकर गया है। रिपोर्ट के अनुसार वायरस का संक्रमण तेज़ी से प्रदेश में फैल रहा है। नए-नए क्षेत्रों में संक्रमित मरीज़ मिल रहे हैं। इन मरीज़ों का उपचार और फिर इन सबकी कान्टेक्ट हिस्ट्री

तलाशना चुनौतीपूर्ण काम बनता जा रहा था। संक्रमित मरीज़ों की संख्या क़रीब डेढ़ हज़ार पहुँच गई है।

कोर कमेटी की बैठक में धनंजय के पहुँचते ही सब खड़े हो गए। धनंजय के बैठते ही सब बैठ गए। मीटिंग शुरू हो गई। मुख्य सचिव रेड्डी ने बताया –

सर, सभी जिलों में टीमें गठित हो गई हैं। इन टीमों ने काम शुरू कर दिया है।

– ठीक है। टेस्टिंग की क्या स्थिति है? धनंजय ने पूछा।

– टेस्टिंग की संख्या बढ़ गई है। इसके परिणाम एक-दो दिन में मिलने लगेंगे। डॉ. चौधरी ने बताया।

– ठीक है। टेस्टिंग लैब की संख्या कितनी हो गई? धनंजय ने पूछा।

– लैब की संख्या दोगुना हो गई है। सचिव स्वास्थ्य ने बताया।

– पुलिस लॉकडाउन का पालन करा रही है। सुधा ने बताया।

– जागरूकता लाने के लिए मोबाइल संदेश और रेडियो संदेश का प्रयोग लगातार किया जा रहा है। जया ने बताया।

– केशव, जनप्रतिनिधियों का क्या फ़ीडबैक है? धनंजय ने पूछा।

– सब जगह काम में लगे हैं। कुछ विधायक तो बहुत अच्छा काम कर रहे हैं। केशव ने बताया।

– मेरी बात कराना कुछ लोगों से। धनंजय ने कहा।

– सर, आपकी एक अपील जा सकती है। लोगों के लिए संक्रमण से बचाव की। जी.पी. ने टिपिकल बाबू शैली में मस्का लगाया।

– जी.पी.। अपील जाना चाहिए पर मेरी नहीं, समाज को प्रभावित करने वाले प्रभावशाली व्यक्तियों की। धनंजय ने दृढ़ स्वर में कहा।

– जी, सर। मैं कराता हूँ। जी.पी. ने तुरंत कहा।

इसके बाद कोर कमेटी की बैठक समाप्त हो गई। बैठक के बाद डॉ. चौधरी रुक गए। सबके जाने के बाद उन्होंने धनंजय से कहा –

सर, टेस्टिंग किट्स और पी.पी.ई. बुलाने के आदेश स्वास्थ्य विभाग ने दिए हैं। उनकी फ़ाइल को अच्छे से चेक करा लें। उसमें रेट्स का मुद्दा बाद में उठ सकता है।

– ठीक है। मैं उनकी फ़ाइल को एक बार वित्त विभाग के सचिव से भी जाँच करा लूँगा। धनंजय ने कहा।

– दूसरा सर, टेस्टिंग बढ़ने से संक्रमित मरीज़ों की संख्या बढ़ेगी। इस बारे में मीडिया में आएगा। डॉक्टर ने कहा।

– उसे जया मैनेज कर रही है। धनंजय ने कहा।

– ठीक है सर, मुझे इज़ाज़त है। उन्होंने पूछा।

– ठीक है। इसके बाद वे चले गए।

धनंजय ने इसके बाद केशव को बुलाया। फिर उन दोनों ने कुछ विधायकों से बात की जिनके क्षेत्र में संक्रमित मरीज़ों की संख्या बढ़ रही थी। मरीज़ों की संख्या के साथ-साथ संक्रमण से होने वाली मृत्यु के आँकड़े भी बढ़ रहे थे। कुछ विधायक डर से आगे नहीं आ रहे थे जबकि कुछ उत्साह से सामने आ रहे थे। संक्रमण से मरने वालों में अधिकांश बुज़ुर्ग थे, जो पहले से ही किसी न किसी बीमारी से पीड़ित थे। धनंजय ने केशव से पूछा –

केशव, जया का काम नहीं हुआ?

– हाँ, भाई, मीडिया में लगातार बात करना और उनके साथ डॉ. चौधरी के साक्षात्कार के इंतज़ाम में लगी है। केशव ने बताया।

– ठीक है, भाई। तब तक मैं फ्रेश हो लेता हूँ। केशव ने कहा, फिर वह चला गया।

अगले दिन सुबह धनंजय ने अपने सेलफ़ोन पर ई-मेल चेक किया तो सूचना विभाग से आई समाचार संक्षेपिका में बताया कि अधिकतर समाचार पत्रों ने वायरस के संक्रमण से बढ़ते मरीज़ों की संख्या और मृत्यु पर चिंता व्यक्त की है। साथ ही कुछ-कुछ समाचार पत्रों ने डॉ. चौधरी का वर्शन भी दिया है, जिसमें उन्होंने स्पष्ट किया है कि टेस्टिंग की संख्या बढ़ने से संक्रमित मरीज़ों की संख्या बढ़ रही है। इसका लाभ भविष्य में भी मिलेगा। कुछ इसी तरह की जानकारी इलेक्ट्रॉनिक मीडिया की भी दी गई है जबकि सोशल मीडिया से रिपोर्ट में मिली-जुली प्रतिक्रियाएँ बताई गई हैं। सोशल मीडिया पर कुछ लोगों ने अपनी टिप्पणियों में इसे राज्य के दीर्घकालीन फ़ायदे के लिए उठाया गया क़दम बताया है। धनंजय ने ई-मेल बंद कर दिया। कुछ देर बाद केशव चाय के दो कप के साथ उसके रेस्ट रूम में आया। एक कप उसने धनंजय को दिया, फिर सामने बैठते हुए कहा – भाई, देर रात को हाईकमान के सचिव का फ़ोन आया था।

- क्या कह रहे थे? धनंजय ने कहा।

- कह रहे थे, हाईकमान का संदेश है कि आप प्रदेश में वायरस के संक्रमण वाले मामले को नियंत्रित करें। पार्टी के विरुद्ध नहीं जाना चाहिए। पार्टी को जल्दी ही कुछ राज्यों में चुनाव में जाना है। हमारे प्रदेश से नेगेटिव मैसेज नहीं जाना चाहिए। केशव ने पूरी बात बताई।

- ठीक है। धनंजय ने कहा।

- भाई, अब क्या करना है? केशव ने पूछा।

- कुछ नहीं। अपनी-अपनी प्राथमिकताएँ हैं, उन्हें चुनाव लड़ना है तो हमें अपने लोगों को बचाना है। वो अपना काम करें, हम अपना करेंगे। धनंजय ने कहा, फिर चाय पीने लगा। कुछ देर बाद उसने पूछा -

और बाक़ी जिलों से क्या ख़बर है, हमारे मंत्री और विधायकों का कैसा फ़ीडबैक है।

- सब जगह से अच्छा सहयोग मिल रहा है। श्यामपुर विधायक गीता देवी से बात हुई है। वह बता रही है उसके जिले में भी लोगों का बहुत अच्छा रिस्पांस मिल रहा है। लोग खुद अस्पताल आकर टेस्ट करा रहे हैं। केशव ने बताया।

- ठीक है। इससे संक्रमित मरीज़ों को जल्दी अलग कर सकेंगे। धनंजय ने कहा।

- वह एक बात और बता रही थी। उसके जिले की कलेक्टर का बेटा भी हाल ही में विदेश से लौटा है। पर कलेक्टर ने उसका टेस्ट नहीं कराया है और घर में ही रखा है। केशव ने धीरे से बताया।

- अच्छा, अभी मुख्य सचिव से बात कराओ। धनंजय ने कहा।

- केशव ने मुख्य सचिव रेड्डी को फ़ोन लगाकर धनंजय को दिया। धनंजय ने रेड्डी के नमस्ते का जवाब देते हुए कहा -

रेड्डी जी, श्यामपुर जिले में कलेक्टर ने विदेश से लौटे अपने बेटे की संक्रमण की जाँच नहीं कराई और उसे घर पर रखा है।

- जी सर। मुख्य सचिव ने कहा।

- दिखवाइए, और सूचना सही हो तो शाम तक कलेक्टर को हटाने के आदेश जारी हो जाएँ। धनंजय ने आदेश दिया।

– यस सर। यह सुनने के बाद धनंजय ने फ़ोन काट दिया। फिर केशव से कहा।

– यदि जिले की कलेक्टर ही नहीं समझीं तो बाक़ी जनता को कैसे समझाएँगीं।

– सही है। केशव ने बताया।

– और शाम को जब कलेक्टर को हटा दिया जाए तो इसे मीडिया में प्रचारित करा देना, जया को कहकर। ताकि बाक़ी जिलों के अधिकारी भी समझ लें। उन्हें जनता के सामने सही उदाहरण प्रस्तुत करता है। ग़लत नहीं।

– जी भाई। केशव ने कहा।

उसके बाद केशव चला गया। धनंजय भी तैयार होने लगा। कल उसे जया ने बताया था कि आज एक नैशनल चैनल उसका इन्टरव्यू लेना चाहता है। धनंजय ने उसे अपनी सहमति देते हुए कहा कि इन्टरव्यू में जो प्रश्न पूछे जाने हों वे पहले से ले लिए जाएँ। उन प्रश्नों के उत्तर भी तैयार कर लिए जाएँ। जया ने कहा वह मैनेज कर लेगी।

दोपहर में इन्टरव्यू के दौरान जैसा तय किया गया था वैसे ही प्रश्न पूछे गए। धनंजय ने उनके उत्तर भी ठीक से दिए। पर जैसा होता है, इन्टरव्यू ले रहे पत्रकार ने आख़िर में पूछ लिया।

– मुख्यमंत्री जी केवल आपके प्रदेश में ही संक्रमित मरीज़ों के केस क्यों बढ़ रहे हैं? क्या स्थिति आपके नियंत्रण में नहीं आ रही है? धनंजय ने जवाब दिया –

– ऐसा नहीं है। केवल हमारे प्रदेश में टेस्ट ज़्यादा किए जा रहे हैं। इससे संक्रमण के केस बढ़े हुए लग रहे हैं। पर लोगों को बचाने के लिए यह ज़रूरी है। हमारे लिए लोगों के जीवन को बचाना ज़्यादा महत्त्वपूर्ण है।

– पर इससे आपके प्रदेश की छवि ख़राब हो रही है। पत्रकार ने कहा।

– हमारे लिए हमारी छवि से ज़्यादा जरूरी नागरिकों की जान बचाना है। इसके लिए हम हर ज़रूरी काम करेंगे। धनंजय ने जवाब दिया। इसके बाद इन्टरव्यू समाप्त हो गया।

उस दिन शाम की प्रेस कॉन्फ्रेंस में भी यही मुद्दा छाया रहा। टेस्टिंग की संख्या बढ़ने से लगातार संक्रमित मरीज़ मिलते जा रहे थे, प्रदेश के हर जिले में संक्रमण फैलता जा रहा है। अस्पतालों में मरीज़ बढ़ते जा रहे थे।

प्रेस कॉन्फ्रेंस में डॉ. चौधरी ने पूरी ज़िम्मेदारी से मीडिया को समझाया। पर मीडिया के लिए मरीज़ों की बढ़ती संख्या ज़्यादा आकर्षक समाचार थी। वे इसी को दिखाने में लगे थे। आख़िर धनंजय ने सोचा इस पर ध्यान नहीं देना ही बेहतर है और इसका असर भी हुआ। अगले कुछ घंटों में इलेक्ट्रॉनिक मीडिया के चैनलों से यह ख़बर ग़ायब हो गई। अब धनंजय ने अपना पूरा ध्यान अस्पतालों में इलाज की व्यवस्थाओं पर लगा दिया। इस कार्य में कई स्वयंसेवी संस्थाएँ आगे आकर मदद करने लगी थीं।

वायरस के संक्रमण से संबंधित मुश्किलें लगातार बढ़ती जा रही हैं। शाम तक और ख़बरें आने लगीं। इस बार वायरस का संक्रमण राजधानी की तंग बस्तियों में फैल गया है। तंग बस्तियों में ग़रीबों की कच्ची-पक्की झुग्गियाँ सटकर बनी हैं, इन बस्तियों में गलियाँ सँकरी हैं। एक-एक कमरे में परिवार के सात-आठ सदस्य रहते हैं। ऐसे में सोशल डिस्टेंसिंग का पालन करना असंभव सा है। इसी कारण से इन बस्तियों में संक्रमण तेज़ी से फैल रहा है। पिछले चौबीस घंटों में संक्रमण के 200 केस मिल चुके हैं जिसमें से 20 की मृत्यु हो गई है।

धनंजय को लग रहा है, इस संक्रमण को नहीं रोका गया तो यह पूरी राजधानी को गिरफ़्त में ले लेगा। क्षेत्र में विधायक के साथ कोर टीम काम कर रही है। उसने डॉ. चौधरी से इर बारे में बात की। डॉ. चौधरी का मत है कि जब तक संक्रमित मरीज़ों को बाक़ी लोगों से अलग नहीं करेंगे संक्रमण फैलता रहेगा। धनंजय ने मुख्य सचिव और पुलिस महानिदेशक को बुलवाया। कुछ देर बाद दोनों उसके चेम्बर में उसके सामने बैठे हैं। धनंजय ने कहा –

राजधानी की तंग गलियों में तेज़ी से संक्रमण फैल रहा है। उसे रोकने के लिए हमें कुछ करना चाहिए।

– जी सर, इन बस्तियों के रहवासी मानते नहीं हैं। आपस में मिलना संक्रमण का कारण है। मुख्य सचिव रेड्डी ने कहा।

– इसे कैसे रोक सकते हैं? धनंजय ने कहा।

– सर, मेरा एक सुझाव है। हम इन्हें कहीं शिफ़्ट कर दें। पुलिस महानिदेशक ने कहा।

– इन्हें शिफ़्ट करके कहाँ ले जाएँगे? धनंजय ने पूछा।

– सर, इन बस्तियों में क़रीब पचास हज़ार लोग रहते हैं। इन्हें एक साथ शिफ़्ट करना मुमकिन नहीं है। मुख्य सचिव रेड्डी ने कहा।

– तो फिर आपके पास दूसरा विकल्प क्या है? कैसे हम इनमें फैल रहे संक्रमण को रोक सकते हैं? धनंजय ने पूछा। मुख्य सचिव कोई उत्तर नहीं दे पाए।

– सर, इन बस्तियों के पास के स्टेडियम और मैदानों को इनके लिए अस्थायी अस्पतालों के तौर पर बदलना होगा। बस्तियों में से संक्रमित लोगों को इन अस्थायी अस्पतालों में शिफ़्ट करना होगा। यह जया का सुझाव है, जो कुछ देर पहले ही अंदर आई है।

– हमें एक बार डॉ. चौधरी से भी सलाह लेना चाहिए। मुख्य सचिव रेड्डी ने कहा।

– वैसे जया का सुझाव अच्छा है। बस्तियों के आस-पास मैदान तो होंगे। धनंजय ने कहा।

– सर, इन बस्तियों से आवाज़ाही रोकने के लिए अर्धसैनिक बलों को लगाना होगा। पुलिस महानिदेशक सुधा ने कहा।

– ठीक है, आप इसका प्लान करिए। धनंजय ने कहा। फिर उसने आगे कहा।

– वैसे इन क्षेत्रों का जनप्रतिनिधि टीम लीडर कौन है, हमें उससे भी बात करना चाहिए। मुख्य सचिव रेड्डी ने अपने सेलफ़ोन में सूची देखकर कहा –

सर, मंत्री मीनाक्षी जी इस क्षेत्र की लीडर हैं।

– गुड, उनसे बात करते हैं। उसने इंटरकॉम पर पी.ए. को मीनाक्षी से बात कराने को कहा। कुछ ही देर में मीनाक्षी लाइन पर है।

– मीनाक्षी, तुम्हारे क्षेत्र में क्या स्थिति है? उधर से मीनाक्षी ने कुछ बताया।

– अच्छा तुम मंत्रालय कितनी देर में आ सकती हो? धनंजय ने पूछा। मीनाक्षी ने जवाब दिया। फिर उसने मुख्य सचिव और पुलिस महानिदेशक से कहा।

– मीनाक्षी अभी आ रही है। दस मिनट में। फिर हम उससे भी बात कर लेते है। इस बीच आप और विकल्पों पर विचार कर लीजिए।

इसके बाद सुधा और रेड्डी चले गए। उनके जाने के बाद जी.पी. आया। धनंजय ने उसकी ओर देखा, जी.पी. ने कहा –

सर, श्यामपुर के कलेक्टर की नई पोस्टिंग के प्रस्ताव पर चर्चा करनी थी।

– दोपहर बाद करते हैं। धनंजय ने कहा। जी.पी. लौट गया।

कुछ देर बाद मीनाक्षी मंत्रालय आ गई। मीनाक्षी लगभग धनंजय की उम्र की है। धनंजय के चेम्बर में जब वह पहुँची तो धनंजय ने मुख्य सचिव और पुलिस महानिदेशक को भी बुला लिया। धनंजय ने उसे तंग बस्तियों से मरीज़ों की शिफ़्टिंग के बारे में बताया। मीनाक्षी ने कहा –

– मुख्यमंत्री जी, इन बस्तियों के पास ही थोड़ा आगे जाकर एयरपोर्ट है। और एयरपोर्ट से पाँच किलोमीटर के क्षेत्र में कई बड़े होटल हैं। ये होटल लॉकडाउन की वजह से बंद पड़े हैं। इनका उपयोग भी किया जा सकता है। धनंजय ने मुख्य सचिव की ओर देखा। मुख्य सचिव ने कहा –

– सर, इन होटलों को राज्य सरकार द्वारा अधिगृहीत करना पड़ेगा। फिर हम उनका उपयोग कर सकते हैं। पर इन होटलों में कितने मरीज़ों को रख पाएँगे। जवाब मीनाक्षी ने दिया –

पाँच हज़ार को तो रख सकते हैं।

– फिर बाक़ी का क्या होगा? धनंजय ने पूछा।

– इसका जवाब उनमें से किसी के पास नहीं था। तभी डॉ. चौधरी कक्ष में आए। धनंजय ने उन्हें देखकर कहा –

आइए, डॉक्टर आप भी सलाह दीजिए। फिर उसने मुख्य सचिव को कहा इन्हें पूरा मामला बताएँ। मुख्य सचिव ने उन्हें पूरी बात बताई। पूरी बात सुनने के बाद डॉक्टर चौधरी ने कहा –

सर, एक काम कर सकते हैं। हम इन बस्तियों से साठ वर्ष या उससे अधिक उम्र के बुज़ुर्गों को ही शिफ़्ट करें। क्योंकि इन्हें ही संक्रमण के बाद ज़्यादा ख़तरा है। युवा लोग तो अपनी इम्युनिटी पॉवर से बीमारी से लड़ लेते हैं। इन्हें अलग करके हम संक्रमण से होने वाली मौतों को रोक लेंगे।

डॉ. चौधरी की बात सुनने के बाद धनंजय ने देखा कि कक्ष में उपस्थित सभी लोग उनकी बात से सहमत दिख रहे हैं। उसने मीनाक्षी से पूछा –

आपका क्या कहना है, मीनाक्षी?

– अच्छा सुझाव है। हम ऐसा करके संक्रमण से बुज़ुर्गों को तो बचा लेंगे। पर बस्तियों के बाक़ी लोगों को घरों में ही रोकने की व्यवस्था करना होगी। मीनाक्षी ने कहा।

– हाँ, इस काम में पुलिस मदद करेगी। धनंजय ने कहा।

– तो फिर इसे ही अमल में लाएँ। रेड्डी जी आप इसे मॉनिटर करें। उसने कहा।

– जी सर। रेड्डी ने कहा।

– फिर सब लोग उसके कक्ष से निकल गए।

और कुछ घंटे बाद ही राजधानी में पाँच हज़ार बुज़ुर्ग लोगों को बस्तियों से निकालकर होटलों में शिफ़्ट करने का अभियान शुरू हो गया। मीडिया इस अभियान को लगातार कवर कर रहा है। इन बस्तियों से साठ वर्ष से अधिक उम्र के लोगों में से संक्रमण से प्रभावितों को अस्पताल में ले जाया गया। बाक़ी लोगों को होटल में शिफ़्ट कर दिया गया। बस्तियों में पुलिस बल लगा दिया गया है जिससे कोई बाहर नहीं जा सके। बस्तियों में राशन, दूध, सब्जियाँ लोगों के घरों के बाहर रखवा दी गईं। राष्ट्रीय मीडिया ने दिन भर इस घटना को कवर किया। पूरे देश की नज़र इस नए प्रयोग पर लग गई।

धनंजय मंत्रालय में अपने ऑफ़िस में बैठकर इसकी लगातार जानकारी ले रहा है। मीनाक्षी ने मौक़े पर प्रशासन के साथ रहकर लोगों को तैयार किया। राजधानी के कलेक्टर और पुलिस अधीक्षक भी लगातार मौक़े पर रह कर काम कर रहे थे। इन बस्तियों में रहने वाले बुज़ुर्गों को बसों में भरकर ले जाया जा रहा था। जब वे अपने परिवारों से विदा हो रहे थे, उस समय का दृश्य सबको द्रवित कर रहा था। टी.वी. पर उस दृश्य को देखते हुए अम्माँ की याद आ गई। उसने अपने सेलफ़ोन से सुरेश को फ़ोन लगाया। अम्माँ से बात कर उसे अच्छा लगा। अम्माँ उसके लिए चिंता कर रही थीं। उसने सुरेश को अम्माँ का ध्यान रखने के लिए कहा। उस दिन शाम की प्रेस कॉन्फ़्रेंस बस्तियों से लोगों को शिफ़्ट करने पर ही केंद्रित रही। अधिकांश मीडिया ने इसे पॉजिटिव समाचार के रूप में लिया था। बाक़ी प्रदेश के दूसरे हिस्सों से संक्रमण के मरीज़ लगातार मिल रहे हैं। कुछ समझ में नहीं आ रहा है कि यह सब कहाँ तक जाकर और कब रुकेगा। पूरे प्रदेश में प्रशासन इसी काम में लगा है।

प्रेस कॉन्फ्रेंस के बाद जब डॉ. चौधरी, धनंजय से मिलने आए तो उसने पूछा –

डॉक्टर, हम कब तक लोगों को ऐसे ही घरों में बंद रखेंगे?

– जब तक इस वायरस के संक्रमण का इलाज नहीं मिल जाता। डॉ. चौधरी ने कहा।

– और वह कब तक होने की उम्मीद है? धनंजय ने कहा।

– सर, पूरे विश्व में अलग-अलग देशों में वैज्ञानिक लगे हैं। पर कम से कम 12 से 18 महीने लग सकते हैं। डॉक्टर ने बताया।

– तब तक क्या लोग ऐसे ही मरते रहेंगे? धनंजय ने पूछा।

– तब तक बस वायरस से बचने की कोशिश कर सकते हैं। डॉक्टर चौधरी ने अपनी असहाय स्थिति व्यक्त की। कुछ देर बाद डॉक्टर चौधरी चले गए। डॉक्टर चौधरी के जाने के बाद केशव आ गया। वो दोनों अलग-अलग जिलों में वायरस से बचने के लिए किए जा रहे प्रयासों की जानकारी लेते रहे।

रात होने से पहले धनंजय के लिए एक और बुरी ख़बर इंतज़ार कर रही थी। केशव के सेलफ़ोन पर ख़बर आई। पटवर्धन जी संक्रमित हो गए है। उनकी हालत ठीक नहीं है। उन्हें वायरस से संक्रमण से उपचार के लिए बनाए गए विशेष हॉस्पिटल के आई.सी.यू. में भर्ती किया गया है। डॉक्टरों के अनुसार उनकी स्थिति गंभीर है। उन्हें वेंटिलेटर पर रखा गया है।

अगले दिन सुबह धनंजय को पहली ख़बर पटवर्धन जी के निधन की मिली। केशव ने उसे ख़बर दी। उसी समय अम्माँ का फ़ोन भी आ गया। अम्माँ ने कहा –

धनंजय, पटवर्धन जी ने महल के लिए पूरे जीवनभर काम किया है। हम उनके अंतिम संस्कार में जाना चाहते हैं।

– पर, अम्माँ, संक्रमण का डर है, आप को नहीं जाना चाहिये। धनंजय ने कहा।

– पर, बेटा... अम्माँ ने विरोध किया।

– नहीं माँ, आप नहीं जाइए। हम पटवर्धन जी की ससम्मान विदाई की व्यवस्था करेंगे। धनंजय ने दृढ़ता से कहा।

– ठीक है, बेटा।

- हम ईश्वर से उनके लिए प्रार्थना करते हैं। अम्माँ ने दुख भरे स्वर में कहा। फिर फ़ोन कट गया।

केशव उन दोनों के लिए चाय ले आया। चाय पीते हुए धनंजय ने केशव से कहा –

केशव देख लेना, पटवर्धन जी का क्रियाकर्म ठीक से हो जाए।

- भाई, इस संक्रमण की वजह से डर फैल गया है। अंतिम संस्कार के परिवार के लोग भी मुश्किल से जा रहे हैं। पर मैं करा लूँगा। केशव ने कहा। चाय पीने के बाद वह चला गया। धनंजय तैयार होने लग गया। आज उसकी हाईकमान से वीडियो कॉन्फ्रेंस से चर्चा थी। उन्हें राज्य की स्थिति के बारे में जानकारी देनी थी। उसने इसकी तैयारी के लिए मुख्य सचिव और पुलिस महानिदेशक को बुला रखा था।

दोपहर को उसकी बैठक के बाद जया ने हाईकमान से चर्चा के लिए बिंदुवार जानकारी तैयार कर दी। हाईकमान से धनंजय की चर्चा ठीक रही। उनका ज़ोर राज्य में स्थिति जल्दी सामान्य करने पर था।

हाईकमान से चर्चा के बाद जया धनंजय के चेम्बर में आई। उसने धनंजय का अभिवादन करते के बाद कहा –

सर, आज कुछ राष्ट्रीय समाचार चैनल वालों से इन्टरव्यू प्लान किया।

- कितना समय लगेगा? धनंजय ने पूछा।

- क़रीब एक घंटा तो लगेगा सर। जया ने कहा।

- क्या मुद्दे रहेंगे? धनंजय ने पूछा।

- मुख्य तो राज्य में संक्रमण की स्थिति रहेगी। बाक़ी और राजनीतिक मुद्दे रहेंगे। जया ने बताया।

- राजनीतिक मुद्दे छोड़ दें तो? धनंजय ने कहा।

- जैसा आप चाहे सर। मैं बात कर लूँगी सर। जया ने उसे आश्वस्त किया।

- सर, इनके लिए एडवरटाइजमेंट पैकेज दिया गया है। जया ने जानकारी दी।

- वैसे एक बात बताओ जया। यह इन्टरव्यू हम क्यों दें? मीडिया को सारी जानकारी तो उपलब्ध करा रहे हैं। धनंजय ने पूछा।

– सर, मीडिया को मैनेज करने के लिए यह ज़रूरी है। इसके माध्यम से हम उन्हें अनुग्रहीत कर रहे हैं ताकि वे हमारा ध्यान रखें। जया ने अपने पूर्व अनुभव से बताना चाहा।

– यह हर सरकार करती है। हम भी कर रहे हैं। इसके लिए सूचना विभाग को अलग से बजट दिया जाता है। उसने और स्पष्ट किया।

– पर इससे तो आम जनता तक सही सूचना पहुँचाने से रोक सकते हैं। धनंजय ने कहा।

– हाँ, सर इसका उपयोग अक्सर सही समाचार को दबाने के लिए किया जाता है। पर यह व्यक्ति पर निर्भर करता है वह इसका उपयोग कैसे करेगा। जया ने कहा।

– चलो ठीक है। धनंजय ने कहा।

फिर उसके बाद जया चली गई। शाम को दो राष्ट्रीय समाचार चैनल से धनंजय के इन्टरव्यू ठीक से हो गए।

# 12

अगले दो-तीन दिन में तंग बस्तियों से लोगों को शिफ़्ट करने के परिणाम दिखने लगे। इन बस्तियों से मिलने वाले नए संक्रमित मरीज़ों की संख्या में कमी आ गई। यहाँ के बुज़ुर्ग लोगों को बस्तियों से निकालकर होटलों में रखने से भी फ़ायदा हुआ। इस पूरी कार्रवाई को देश भर में मीडिया ने सराहा। पर राजधानी के दूसरे क्षेत्रों में संक्रमण फैल रहा है। यह चिंता का विषय हो रहा था। कमोवेश यही स्थिति प्रदेश के दूसरे जिलों में भी बन रही थी। कभी लगता कि स्थिति सुधर रही है तो अचानक संक्रमण के नए केस मिल जाते। लोग घरों से निकलते कभी दूध, सब्ज़ी या फल लेने के लिए और संक्रमित हो जाते। जितनी लोगों की टेस्टिंग की जाती, पॉजिटिव मरीज़ों को अलग किया जाता, नए मरीज़ फिर मिल जाते। जिस तरह की रिपोर्ट आ रही है उससे लगने लगा है कि यह वायरस का मामला लंबा खिंचेगा।

इन सब बातों पर विचार करने के बाद धनंजय को लगा कि नए सिरे से रणनीति बनाने की ज़रूरत है। उसने कोर ग्रुप की बैठक बुलाने का फ़ैसला किया। इस संबंध में उसने जी.पी. को व्यवस्था करने के निर्देश दिए।

कोर ग्रुप की बैठक से पहले उसके पास ख़बर आई कि मंत्री मीनाक्षी भी वायरस से संक्रमित हो गई हैं। शायद बस्तियों से लोगों को शिफ़्ट कराते वक़्त किसी संक्रमित मरीज़ के संपर्क में आ गई थीं। केशव ने बताया कि मीनाक्षी को संक्रमण के इलाज के लिए बनाए गए विशेष अस्पताल में भर्ती करा दिया गया है। उसने केशव को मीनाक्षी से बात करने को कहा। केशव ने उसे फ़ोन लगा कर दिया। धनंजय ने मीनाक्षी के लाइन पर आने पर कहा –

मीनाक्षी घबराना नहीं। इस वायरस से डरने की ज़रूरत नहीं। संक्रमण पर नियंत्रण पाया जा सकता है।

उधर से मीनाक्षी के हँसने की आवाज़ आई। फिर उसने कहा -

अरे मुख्यमंत्री जी मैं घबरा नहीं रही हूँ। मैं ठीक हूँ। आप निश्चिंत रहें। धनंजय ने चैन की साँस ली। फिर कहा -

आप सचमुच बहादुर हैं। अब मैं निश्चिंत हूँ।

- आप देखना में इस वायरस को जल्दी ही हरा दूँगी।

- हम उस दिन की प्रतीक्षा करेंगे। अच्छा नमस्ते। धनंजय ने कहा। उसके बाद बात समाप्त कर दी।

जब धनंजय कोर ग्रुप की बैठक में पहुँचा तो देखा सब आ गए हैं। कोर ग्रुप की बैठक में पहले स्वास्थ्य विभाग के प्रमुख सचिव ने वायरस के संक्रमण की प्रदेश में स्टेटस रिपोर्ट प्रस्तुत की। इसके अनुसार प्रदेश के क़रीब-क़रीब हर जिले में वायरस पहुँच चुका था। सभी जिलों में टेस्टिंग की सुविधा बढ़ा दी गई है। संक्रमण से प्रभावितों में सभी आयु समूह के लोग है। पर इस संक्रमण से होने वाली मृत्यु में 60 वर्ष से अधिक उम्र के लोग ज़्यादा है। इसमें भी वे लोग थे जो पहले से ही किसी दूसरी बीमारी से ग्रसित थे। स्वास्थ्य विभाग का प्रेजेन्टेशन पूरा होने के बाद धनंजय ने कहा -

राजधानी की तंग बस्तियों के मरीज़ों की क्या रिपोर्ट है?

- सर, वहाँ स्थिति नियंत्रण में है। बस्तियों से बुजुर्गों को शिफ़्ट करने के अच्छे परिणाम मिले हैं। मुख्य सचिव रेड्डी ने बताया।

- डॉ. चौधरी, क्या हम इस प्रयोग को दूसरे जिलों में दोहरा नहीं सकते? धनंजय ने पूछा।

- सर, बड़े पैमाने पर इसे करने में प्रबंधन की समस्या आ सकती है। डॉ. चौधरी ने कहा।

- सर, हर जिले में साठ वर्ष से अधिक उम्र के लोगों को ढूँढना फिर उन्हें शिफ़्ट करना और उनकी व्यवस्थाएँ करना। बड़ा काम हो जाएगा। रेड्डी ने कहा।

- साथ ही, इन मरीज़ों में से यदि कुछ की भी संक्रमण से मृत्यु हो गई तो नेगेटिव प्रचार अलग हो जाएगा। जया ने कहा।

- फिर और क्या तरीक़ा हो सकता है? धनंजय ने कहा।

- सर, मेरे पास एक सुझाव है। जी.पी. ने कहा।

- बताओ। धनंजय ने उसे सहमति दी।

– सर, मेरी माताजी सत्तर वर्ष से अधिक उम्र की है। जब से यह संक्रमण का प्रसार शुरू हुआ है। हमने उन्हें अपने घर में ही दूसरों से अलग रखा है। उन्हें बाहर नहीं जाने दे रहे हैं। उनसे दूरी बनाकर उन्हें सारी सुविधाएँ देते हैं। उन्हें यह भी समझाया है कि यह उनके बचाव के लिए ही कर रहे हैं। वे अब तक स्वस्थ हैं। जब हम अपने घर में यह कर सकते हैं तो प्रदेश में जिन घरों में बुज़ुर्ग हैं, उन्हें भी ऐसा करने के लिए कहा जा सकता है।

– सर, ही इज राइट। यह कर सकते हैं या कहें कि यही कर सकते है। डॉ. चौधरी ने कहा।

– यही तो हमने भी किया है। अम्माँ को बाहर जाने से रोका है। धनंजय ने कहा।

– पर भाई, हम यह लोगों को कैसे समझाएँगे कि वे अपने बुज़ुर्गों को अलग रखें। केशव ने कहा।

– हमें यह करना ही होगा। धनंजय ने कहा।

– हम यह कह सकते हैं कि वायरस से अपने बुज़ुर्गों को बचाएँ, फिर कहेंगे कि उन्हें आइसोलेशन में रखे। जया ने कहा।

– जया यह लोगों को प्रेरित करने का काम होगा। इसे क़ानून से नहीं कराया जा सकता। पुलिस महानिदेशक सुधा ने कहा।

– यह सही है। इसके लिए हमें कुछ नए तरीक़े सोचने होंगे जिससे लोग इस बात को ख़ुद आगे आकर स्वीकार करें। धनंजय ने कहा।

– सर, यह मुश्किल चुनौती है। लोगों को समझाना भी है और डराना भी नहीं है। रेड्डी ने कहा।

– आप सब सोचिए। कोई इनोवेटिव आइडिया हो। हम शाम को प्रेस कॉन्फ्रेंस के बाद फिर बैठेंगे। धनंजय ने मीटिंग समाप्त की। इसके बाद उसने केशव को कहा कि वह फ़ोन लगाकर मीनाक्षी के स्वास्थ्य की जानकारी लेता रहे। केशव ने बताया कि उसने बैठक के पहले ही डॉक्टरों से पूछा था। मीनाक्षी की हालत स्थिर है। कुछ ज़रूरी होगा तो डॉक्टर उसे बताएँगे।

प्रेस कॉन्फ़्रेंस के बाद शाम को फिर कोर ग्रुप की बैठक हुई। इसमें सबको अपने आइडिया बताना है। पहले जया ने कहा –

सर, लोगों के घरों तक संदेश पहुँचाना होगा कि अपने बुजुर्गों को बचाएँ। इसके लिए हम हर माध्यम जैसे रेडियो, टी.वी., समाचार पत्रों से लोगों तक संदेश पहुँचाएँगे।

- यह ठीक तो है पर इससे आगे और कुछ सोचें। धनंजय ने कहा।

- सर, हम पुलिसकर्मियों के जरिये से लोगों को समझाएँगे। पुलिस महानिदेशक सुधा ने कहा।

- यह भी ठीक है। धनंजय ने कहा।

- सर, मेरा एक सुझाव है। स्वास्थ्य विभाग के सचिव ने कहा।

- हाँ, बताओ। धनंजय ने कहा।

- सर, स्वास्थ्य विभाग के कार्यकर्ताओं की टीम बनाकर लोगों के घरों तक भेजें। यह टीम उन्हें समझाए कि बुजुर्गों को अलग रखें। उन्हें संक्रमण से बचाएँ। स्वास्थ्य विभाग के सचिव ने कहा।

- एक काम और कर सकते हैं सर, इस टीम में आँगनवाड़ी कार्यकर्ताओं को भी इस टीम में भेज सकते हैं। मुख्य सचिव रेड्डी ने कहा।

- आपका विचार तो ठीक है। पर इस तरह हम हमारे इन कार्यकर्ताओं को संक्रमण के ख़तरे में सामने एक्सपोज तो नहीं कर रहे हैं। धनंजय ने शंका व्यक्त की।

- सर, हम उन्हें ट्रेनिग देंगे और पी.पी.ई. किट्स भी देंगे। स्वास्थ्य सचिव ने कहा।

- ठीक है। पर इन लोगों की पूर्ण सुरक्षा का ध्यान में रखते हुए इसे अमल में लाएँ। धनंजय ने कहा।

इसके बाद बैठक समाप्त हो गई। बैठक के बाद डॉ. चौधरी धनंजय से बात करने के लिए रुक गए। सबके जाने के बाद उनकी बात शुरू हुई। डॉ. चौधरी ने कहा -

सर, इस स्थिति में सबसे श्रेष्ठ विकल्प यही है, जो हम कर रहे हैं।

- पर, हमें जो परिणाम मिल रहे हैं वे तो वैसे नहीं है। हम ऐसे कब तक लोगों को मरने देंगे? धनंजय ने कहा।

- सर, जब तक वैक्सीन नहीं बन जाता हम कुछ नहीं कर सकते और इसमें समय लगेगा। डॉ. चौधरी ने कहा।

– तो हम इंतज़ार तो करते नहीं रह सकते। हमें कुछ तो करना पड़ेगा। धनंजय ने कहा। डॉ. चौधरी चुप रहे। धनंजय ने फिर कहा।

– डॉक्टर, क्या हम वैक्सीन नहीं बना सकते? धनंजय ने पूछा।

– सर, वैक्सीन निर्माण एक शोध आधारित वैज्ञानिक और तकनीकी प्रक्रिया है, जिसमें काफ़ी समय लगता है। डॉ. चौधरी ने बताया।

– पर हम अपने स्तर पर कोशिश तो कर सकते हैं या फिर जिन देशों में वैक्सीन बनाने की तैयारियाँ चल रही हैं, उनसे संपर्क करके रखें। जैसे ही उन्हें सफलता मिले हम वैक्सीन प्राप्त कर सकें। धनंजय ने कहा।

– सर, मैं इस संबंध में अपने संपर्कों से जानकारी जुटाता हूँ। कोशिश करते हैं कि यदि वैक्सीन बन जाता है तो हमें जल्दी मिले। डॉ. चौधरी ने कहा। फिर वो धनंजय की अनुमति लेकर चले गए। इसके बाद धनंजय ने केशव को बुलवाया। केशव के आने के बाद उसने कहा –

केशव मैं सोच रहा हूँ, एक बार महल जाकर अम्माँ से मिल आऊँ। तुम चलोगे?

– ठीक है, भाई चलते हैं। केशव ने सहमति दी।

– तो आधे घंटे बाद चलते हैं। धनंजय ने कहा। उसके बाद केशव चला गया। धनंजय ने सोचा आज पूरे पंद्रह दिन होने को आए हैं। वह महल नहीं गया है। दिगंबर जी के निधन के बाद अम्माँ डिस्टर्ब हो गई होंगी।

आधे घंटे बाद मुख्यमंत्री का काफ़िला महल की ओर जा रहा था।

महल पहुँचने के बाद वह अम्माँ के कमरे के अंदर नहीं गया। अम्माँ से बाहर खड़े होकर दूर से ही मिला। उसने देखा अम्माँ थोड़ी कमज़ोर लग रही हैं। उसने एक बार फिर अम्माँ की सेवा में लगे सेवकों को उनका ध्यान रखने के लिए कहा। अम्माँ उसे देखकर भावुक हो रही थीं। इसलिए वह ज़्यादा देर नहीं रुका। अपने कमरे में जाकर उसने कुछ ज़रूरी सामान और कपड़े रखे और वह लौट गया। लौटते वक़्त वे केशव के घर भी कुछ देर रुके। केशव राजधानी में अकेला ही रहता है। लौटकर वे आए तो रात हो गई थी। मंत्रालय की इस सात मंज़िल के भवन में सातवीं मंज़िल पर वो तीनों ही हैं। उनके आने से पहले जया अकेली थी। धनंजय को लगा उन्हें जया को अकेले नहीं छोड़ना था। उसके साथ किसी को रुकने के लिए कहना था। पर जया को देखने से ऐसा नहीं लग रहा था कि वह परेशान या चिंतित थी। जया उन्हें देखकर रुक गई। उसने जया से पूछा –

जया, डिनर हो गया?

– हाँ सर, हो गया। जया ने कहा।

– और कोई समाचार तो नहीं है? धनंजय ने कहा।

– सर, कुछ ख़ास नहीं। जया ने कहा।

– ठीक है फिर। धनंजय इतना कह कर अपने कमरे की ओर बढ़ गया। केशव पीछे ही रुक गया। वह जया से बात करने लगा। कुछ देर बाद जया भी अपने कमरे में चली गई। अब केशव अकेला चहलक़दमी करने लगा। उसने अपना सेलफ़ोन चेक किया। उस पर प्रदेश के अलग-अलग जिलों से आए मैसेज पड़े थे। उसने उन संदेशों को पढ़ना शुरू किया। सब जगह से वायरस के संक्रमण की ख़बरें है। इस वायरस ने क़रीब-क़रीब महामारी का रूप ले लिया था। लॉकडाउन की वजह प्रदेश में आर्थिक गतिविधियाँ लगभग बंद हो गई है। इसका अंत कहा होगा यह समझ में नहीं आ रहा है।

अगला दिन फिर उनके लिए कई बुरी और कुछ अच्छी ख़बरें लेकर आया। संक्रमण के बढ़ते मरीज़ों की संख्या ने प्रदेश को राष्ट्रीय और अंतरराष्ट्रीय स्तर पर चर्चा में ला दिया है। सुबह-सुबह हाईकमान ने फ़ोन कर धनंजय से इस बारे में सफ़ाई माँग ली। राहत की बात यह थी कि वायरस से संक्रमित मरीज़ों की मृत्यु की संख्या में कमी आ रही थी। पर फिर भी मौत के आँकड़े डरावने थे। अच्छी ख़बर यह भी थी कि मीनाक्षी ठीक हो गई थी और उसे अस्पताल से घर भेज दिया गया था। डॉ. चौधरी का फ़ोन भी सुबह आया था, वह आज दोपहर को धनंजय का लगभग एक घंटे का समय चाहते हैं। वह किसी को धनंजय से मिलवाना चाहते हैं। धनंजय ने अपनी सहमति दे दी है।

धनंजय जब तैयार होकर अपने चेम्बर में पहुँचा तो वहाँ मुख्य सचिव रेड्डी और जी.पी. पहले से इंतज़ार कर रहे हैं। उसका अभिवादन करने के बाद मुख्य सचिव ने कहा –

– सर, कुछ जिलों में संक्रमण की स्थिति बिगड़ती जा रही है। वहाँ कलेक्टर-एस.पी. अच्छा परफ़ॉर्म नहीं कर पा रहे हैं।

– कितने जिलों में ऐसा है? धनंजय ने पूछा।

– सर चार-पाँच जिले हैं। मुख्य सचिव रेड्डी ने बताया।

- क्या चाहते हैं आप? धनंजय ने कहा।

- सर, इन जिलों में कलेक्टर-एस.पी. को बदलना होगा। रेड्डी ने कहा।

- और कोई समाचार तो नहीं है? धनंजय ने पूछा।

- सर, कुछ ख़ास नहीं। जया ने कहा।

- ठीक है फिर। धनंजय इतना कह कर अपने कमरे की ओर बढ़ गया। केशव पीछे ही रुक गया। वह जया से बात करने लगा। कुछ देर बाद जया भी अपने कमरे में चली गई। अब केशव अकेले चहलक़दमी करने लगा। उसने अपना सेलफ़ोन चेक किया। उस पर प्रदेश के अलग-अलग जिलों से आए मैसेज पड़े थे। उसने उन संदेशों को पढ़ना शुरू किया। सब जगह से वायरस के संक्रमण की ख़बरें हैं। इस वायरस ने क़रीब-क़रीब महामारी का रूप ले लिया है। लॉकडाउन की वजह से प्रदेश में आर्थिक गतिविधियाँ लगभग बंद हो गई हैं। इसका अंत कहाँ होगा यह समझ में नहीं आ रहा है।

अगला दिन फिर उनके लिए कई बुरी और कुछ अच्छी ख़बरें लेकर आया। संक्रमण के बढ़ते मरीज़ों की संख्या ने प्रदेश को राष्ट्रीय और अंतरराष्ट्रीय स्तर पर चर्चा में ला दिया है। सुबह-सुबह हाईकमान ने फ़ोन कर धनंजय से इस बारे में सफ़ाई माँग ली। राहत की बात यह थी कि वायरस से संक्रमित मरीज़ों की मृत्यु की संख्या में कमी आ रही थी। पर फिर भी मौत के आँकड़े डरावने थे। अच्छी ख़बर यह भी थी कि मीनाक्षी ठीक हो गई थी और उसे अस्पताल से घर भेज दिया गया था। डॉ. चौधरी का फ़ोन भी सुबह आया था, वह आज दोपहर को धनंजय का लगभग एक घंटे समय चाहते हैं। वह किसी को धनंजय से मिलवाना चाहते हैं। धनंजय ने अपनी सहमति दे दी है।

धनंजय जब तैयार होकर अपने चेम्बर में पहुँचा तो वहाँ मुख्य सचिव रेड्डी और जी.पी. पहले से इंतज़ार कर रहे हैं। उसका अभिवादन करने के बाद मुख्य सचिव ने कहा -

सर, कुछ जिलों में संक्रमण की स्थिति बिगड़ती जा रही है। वहाँ कलेक्टर, एस.पी. अच्छा परफ़ार्म नहीं कर पा रहे हैं।

- कितने जिलों में ऐसा है? धनंजय ने पूछा।

- सर, चार-पाँच जिले हैं। मुख्य सचिव रेड्डी ने बताया।

- क्या चाहते हैं आप? धनंजय ने कहा।

– सर, इन जिलों में कलेक्टर-एस.पी. को बदलना होगा। रेड्डी ने कहा।

– और कोई विकल्प नहीं हो तो प्रस्ताव बना लाओ। धनंजय ने कहा।

– ठीक है, सर। शाम तक लाते हैं। इसके बाद मुख्य सचिव और जी.पी. चले गए। उनके जाने के बाद धनंजय ने केशव को फ़ोन लगाया और कहा – केशव, मुख्य सचिव से चर्चा कर लेना, वो कुछ जिलों के कलेक्टर-एस.पी. बदलना चाहते हैं।

– ठीक है भाई, मैं बात कर लूँगा। केशव ने कहा।

उसके बाद कुछ और सामान्य मुलाक़ातें हुईं। उसका दोपहर तक का समय रूटीन के प्रशासकीय कामों में निकल गया।

दोपहर को डॉ. चौधरी मंत्रालय आए। उस समय धनंजय और केशव उन्हीं का इंतज़ार कर रहे थे। डॉ. चौधरी ने उसका अभिवादन किया और सामने बैठ गए। फिर उन्होंने कहा –

सर, आपको डॉ. स्वरूप के बारे में बताना है। डॉ. स्वरूप देश ही नहीं बल्कि दुनिया में जाने जाते हैं, उनके वायरस और संक्रमण के संबंध पर किए गए रिसर्च के कारण। उनका इस विषय पर गहन अध्ययन है। इतना कहकर वे रुक गए।

– डॉ. स्वरूप का नाम तो सुना है मैंने भी। केशव ने कहा।

– डॉ. स्वरूप इस समय नब्बे वर्ष से अधिक के हो गए हैं। इन दिनों वे रिटायर्ड जीवन बिता रहे हैं। डॉ. चौधरी ने कहा।

– आप डॉ. स्वरूप से मदद लेना चाहते हैं। धनंजय ने कहा।

– हाँ, वो इन दिनों अपने राज्य में ही रह रहे हैं। मैंने उनसे संपर्क किया था। पर उन्हें मनाना आसान नहीं है। वो अपने गिरते स्वास्थ्य से भी परेशान हैं और अपनी बाक़ी ज़िंदगी चैन से गुज़ारना चाहते हैं। पर यदि वो तैयार हो जाएँ तो इस वायरस से बचने का वैक्सीन जल्दी तैयार होने की उम्मीद की जा सकती है। डॉ. चौधरी ने बताया।

– पर उन्हें कैसे तैयार कर सकते हैं। केशव ने कहा।

– उन्हें तैयार करने के लिए हमें उनके घर जाना पड़ेगा। फिर डॉ. चौधरी धनंजय की ओर देखते हुए कहा।

– सर, इसके लिए आपको भी चलना होगा।

– बिलकुल चलेंगे। कब चलना है? धनंजय ने पूछा।

– आज शाम को सर। राजधानी के कोई एक घंटे की दूरी पर उनके बेटे का फ़ार्म है वहीं वह रहते हैं। डॉ. चौधरी ने कहा।

– तो ठीक है। आज प्रेस कॉन्फ्रेंस के बाद चलते हैं। धनंजय ने कहा।

इसके बाद डॉ. चौधरी चले गए। धनंजय ने जया को बुलाया और प्रेस कॉन्फ्रेंस की तैयारी करने को कहा।

शाम को प्रेस कॉन्फ्रेंस काफ़ी हंगामेदार रही। मरीज़ों की भारी संख्या और संक्रमण से होने वाली मौतें, दोनों के आँकड़े चिंताजनक स्तर पर थे। उसी को लेकर मीडिया के रिपोर्टर आक्रामक हो रहे थे। पर एक अच्छी बात यह थी कि अब नए मरीज़ पहले जितनी तेज़ी से नहीं बढ़ रहे थे। डॉ. चौधरी अपनी ओर से मीडिया के प्रतिनिधियों को संतुष्ट करने की कोशिश कर रहे थे। इसे देखते हुए धनंजय ने हस्तक्षेप किया। उसने कहा –

अब मरीज़ उतनी तेज़ी से नहीं बढ़ रहे हैं। हम जल्दी ही इस संक्रमण को नियंत्रित कर लेंगे। हम लगातार कोशिश कर रहे हैं।

– हमारे डॉक्टर्स और मेडिकलकर्मी दिन-रात काम कर रहे हैं।

– पर इस संक्रमण को कैसे रोकेंगे? इसका तो अब तक कोई इलाज ही नहीं मिला है। एक रिपोर्टर ने पूछा।

– हम इससे सावधानी रखकर ही बच सकते हैं। धनंजय ने कहा।

इसके कुछ देर बाद प्रेस कॉन्फ्रेंस समाप्त हो गई। सारे मीडिया प्रतिनिधि एक-एक कर चले गए।

कुछ देर बाद मुख्यमंत्री धनंजय का काफ़िला शहर से बाहर जा रहा है। उसके साथ डॉ. चौधरी भी हैं। शहर से क़रीब चालीस किलोमीटर दूर समुद्र किनारे बसा छोटा सा कस्बा है माल्पे। समुद्र के किनारे बने कुछ रिसोर्ट है, जिनमें साल भर सैलानियों की गहमा-गहमी बनी रहती है। माल्पे का समुद्र तट अपने प्राकृतिक सौंदर्य और स्वच्छता के लिए मशहूर है। छोटे से कस्बे में कुछ होटल और एक मुख्य बाज़ार है। यहाँ के लोगों की जीविका का मुख्य आधार पर्यटक ही हैं। इसी कस्बे में इन दिनों दुनिया भर में अपने काम की वजह से मशहूर वायरोलॉजिस्ट डॉ. स्वरूप रहते हैं। वो इन दिनों माल्पे के प्राकृतिक समुद्र तट बने एक छोटे से मकान में सेवानिवृत्ति के बाद वाले जीवन का आनंद ले रहे हैं। बेटे की छोटी-सी फ़ैक्ट्री माल्पे के पास है। इसी समय धनंजय का काफ़िला माल्पे के समुद्र के किनारे-किनारे बनी सड़क से

होकर डॉ. स्वरूप के घर की ओर बढ़ रहा था। माल्पे के लोगों का ध्यान उस ओर नहीं था। क्योंकि माल्पे में अक्सर वीआईपी का आगमन होता रहता है। वाहनों का क़ाफ़िला माल्पे के बाहरी इलाक़े में समुद के किनारे-किनारे बने एक नीले रंग के दो मंज़िला मकान के पास रुका। स्थानीय प्रशासन को मुख्यमंत्री के आगमन की ख़बर पहले से थी, इसलिए स्थानीय प्रशासन और पुलिस अधिकारी पहले से मौजूद थे।

लाल बत्ती लगी वाहन से धनंजय के उतरते ही वहाँ मौजूद एस.पी. और कलेक्टर ने उसका अभिवादन किया। पीछे के वाहन से उतरकर डॉ. चौधरी भी आ गए। एस.पी. ने उन्हें रास्ता दिखाया उसके पीछे चलते हुए उन्होंने उस मकान में प्रवेश किया। ड्राइंग रूम में उनके स्वागत के लिए डॉ. स्वरूप के बेटा और बहू खड़े थे। उन्होंने धनंजय को बुके दिया जिसे लेकर धनंजय ने अपने पीछे आ रहे सुरक्षाकर्मी को दे दिया। इसके बाद डॉ. स्वरूप का बेटा धनंजय और डॉ. चौधरी को डॉ. स्वरूप के शयनकक्ष या कहे स्टडीरूम में ले गया। उसने चलते-चलते बताया कि डॉ. स्वरूप अपना अधिकांश समय इसी कक्ष में गुज़ारते हैं। डॉ. स्वरूप की बहू कुशल गृहिणी की तरह आतिथ्य सत्कार की व्यवस्थाओं में लग गई।

कक्ष में प्रवेश करते ही धनंजय ने देखा वहाँ स्टडी टेबल के पास व्हील चेयर पर श्वेत केश वाले एक वयोवृद्ध बैठे हैं। स्टडी टेबल पर बहुत सी पुस्तकें रखीं है। धनंजय के कक्ष में प्रवेश करते ही उन वृद्ध डॉ. स्वरूप ने उनका अभिवादन किया। धनंजय और डॉ. चौधरी ने भी उनका अभिवादन किया। फिर कक्ष में लगे सोफ़े पर वो बैठ गए। डॉ. स्वरूप ने अपनी व्हील चेयर को घुमाकर उनकी ओर कर ली। डॉ. स्वरूप का बेटा कक्ष में लगे बेड पर बैठ गया। धनंजय ने देखा एक सहज और सरल व्यक्ति का कक्ष जैसा हो सकता है वैसा ही यह कक्ष है। इसी बीच डॉ. स्वरूप की बहू आतिथ्य सत्कार के लिए स्थानीय व्यंजन ले आई। जिसे उसने सोफ़े के पास लगी सेन्टर टेबल पर रख दिया। डॉ. स्वरूप ने उनसे उन्हें लेने का आग्रह किया। डॉ. चौधरी और फिर धनंजय ने मिठाई का एक-एक टुकड़ा उठा लिया। डॉ. स्वरूप ने बताया कि यह माल्पे की स्थानीय मिठाई है, जो विशिष्ट तरीक़े से बनाई जाती है। धनंजय ने बात की शुरुआत करते हुए कहा –

सर, आपको डॉ. चौधरी ने बताया ही होगा कि हम यहाँ किस उद्देश्य से आए हैं?

– हाँ, बताया तो है। डॉ. स्वरूप ने धीरे-धीरे कहा। वो बहुत रुक-रुक कर बोल रहे हैं।

– अपने प्रदेश की स्थिति तो आप जानते ही हैं, संक्रमण फैलता जा रहा है। लोग मर रहे हैं। हम चाहते हैं आप इस वायरस से प्रदेश को बचाने में मदद करें। धनंजय ने कहा।

– आप ही हैं, सर जो इस वक़्त हमें कोई रास्ता दिखा सकते हैं। डॉ. चौधरी ने भी कहा।

– देखिए, दुनिया में और देश में अलग-अलग तरीक़े से वैज्ञानिक लगे हैं इस संक्रमण का वैक्सीन ढूँढ़ने में, उम्मीद है वैक्सीन बनने के बाद इस बीमारी पर नियंत्रण हो सकेगा। डॉ. स्वरूप ने कहा।

– पर, इसमें तो समय लग जाएगा। तब तक लोग मरते रहेंगे। धनंजय ने कहा।

– कुछ भी कर लें बारह महीने का वक़्त तो लग ही जाएगा। वह भी तब जब सब कुछ ठीक से हो। यदि प्रक्रिया में कोई दिक़्क़त आई तो फिर समय बढ़ जाएगा। डॉ. स्वरूप ने कहा।

– सर, क्या कोई ऐसा तरीक़ा नहीं है, जिससे वैक्सीन जल्दी बन जाए? धनंजय ने पूछा।

– ऐसा है, किसी भी वायरस का वैक्सीन विकसित करना एक समय लगने वाला काम है। वैक्सीन बनने के बाद भी उसके ट्रायल में छह महीने लगते हैं। वैक्सीन विकसित करना एक उच्च तकनीकी काम है। डॉ. स्वरूप ने बताया।

– सर, कोई तो तरीक़ा होगा। डॉ. चौधरी ने कहा।

– शॉर्ट कट में हमेशा जोखिम ज़्यादा रहता है। डॉ. स्वरूप ने कहा।

– अगर हम जोखिम उठाने के लिए तैयार हों तो? धनंजय ने कहा।

– तब भी जोखिम उठाने के बाद भी सफलता मिलने की गारंटी नहीं होगी। डॉ. स्वरूप ने कहा।

– फिर भी जोखिम क्या हो सकते हैं? धनंजय ने पूछा। इस पर डॉ. स्वरूप ने डॉ. चौधरी की ओर देखा। डॉ. चौधरी ने उनके इशारे को समझ कर कहा –

सर, इसमें वैक्सीन को विकसित करने के काम में लगे डॉक्टरों के संक्रमित होने का ख़तरा तो है साथ ही जिन व्यक्तियों पर हम इसका ट्रायल करेंगे उनके लिए भी घातक हो सकता है। इतने पर भी हम वैक्सीन बना ही लेंगे इसकी कोई गारंटी नहीं है। धनंजय पर इसकी प्रतिक्रिया देखते हुए डॉ. स्वरूप ने कहा।

– बेहतर यह होगा कि हम प्रतीक्षा करें। वैक्सीन जब बन जाए तो जल्दी से जल्दी अपने यहाँ लाने की कोशिश करें।

– नहीं सर, हम प्रतीक्षा नहीं कर सकते। हमें जोखिम लेना ही होगा। आप से भी यह कहूँगा, आप इसमें हमारा साथ दें। धनंजय ने विनम्रता से कहा।

– पर अब इस उम्र में मुझसे लगातार काम नहीं हो पाएगा। डॉ. स्वरूप ने कहा।

– सर, हम आपको युवा डॉक्टर देंगे जो आपके निर्देशन में रिसर्च करेंगे। आप बस उन्हें बताते रहें। डॉ. चौधरी जैसे इस बात के लिए तैयार होकर आए हैं।

– और लैब, मैं अब यहाँ से बाहर नहीं जा पाऊँगा। डॉ. स्वरूप ने कहा।

– हम माल्पे में ही लैब बनाएँगे, सर। आप स्वीकृति दें। यह मानवता के लिए आपका सबसे बड़ा उपकार होगा। धनंजय ने कहा।

– ठीक है। आई बिल ट्राय माय बेस्ट। डॉ. स्वरूप ने सहमति देते हुए कहा।

– थैंक्स सर। धनंजय ने कहा।

– आप को जो भी आवश्यकता हो वह बताएँगे तो सरकार तुरंत उपलब्ध कराएगी। धनंजय ने कहा।

– डॉ. चौधरी आप से संपर्क में रहेंगे। कोई भी ज़रूरत हो आप मुझे भी बता सकते हैं।

– ठीक है। मैं चलता हूँ। कुछ देर बाद धनंजय खड़ा हो गया।

– सर, मैं यहाँ की व्यवस्थाएँ देख कर आता हूँ। डॉ. चौधरी ने कहा।

– मैं कलेक्टर को बताता हूँ। वह आपके बताए अनुसार काम करेगा। इतना कहकर धनंजय निकल गया।

धनंजय के जाने के बाद डॉ. चौधरी ने डॉ. स्वरूप से विस्तार से बात की। माल्पे में लैब बनाने के लिए बस्ती से बाहर कोई भवन देखने की बात तय हुई। कलेक्टर से बात होने पर उन्होंने बाहरी इलाक़े में बनी रेशम विभाग के भवन में लैब बनाने का सुझाव दिया। कलेक्टर के सुझाव पर सहमत होने के बाद डॉ. चौधरी ने डॉ. स्वरूप के बताए अनुसार लगने वाले उपकरणों तथा अन्य वस्तुओं की सूची बना ली। डॉ. स्वरूप के मदद के लिए युवा डॉक्टरों की टीम देने का फ़ैसला भी किया। ये डॉक्टर राजधानी के मेडिकल कॉलेज से लिए जाएँगे। एस.पी. को इस लैब के लिए कड़े सुरक्षा प्रबंध करने का काम सौंपा गया।

इसके बाद कलेक्टर और एस.पी. रेशम विभाग के भवन में आवश्यक व्यवस्थाएँ कराने के लिए चले गए। डॉ. चौधरी का अनुमान था कि डॉ. स्वरूप द्वारा चाहे गए संसाधन उपलब्ध कराने में एक सप्ताह का समय लग जाएगा। इस बीच में डॉ. स्वरूप अपने रिसर्च पेपर्स का अध्ययन कर दूसरी तैयारी कर सकते हैं। सारी बातें तय होने के बाद डॉ. चौधरी राजधानी के लिए निकल गए। उन्होंने चलने से पहले एक बार फिर डॉ. स्वरूप को धन्यवाद दिया।

उधर, धनंजय एक घंटे बाद राजधानी पहुँचा। मंत्रालय पहुँचते ही उसके लिए कुछ और ख़बरें इंतज़ार कर रही थीं। सबसे पहले मुख्य सचिव रेड्डी उससे मिलने आए। उसका अभिवादन करने के बाद उन्होंने कहा –

सर, केंद्र अपने प्रदेश में एक टीम भेज रहा है। जो हमारे यहाँ संक्रमण की स्थिति का आकलन करेगी।

– ठीक है। धनंजय ने कहा।

– सर, उन्हें लगता है, हम इस आपदा का ठीक से प्रबंध नहीं कर पा रहे हैं। मुख्य सचिव रेड्डी ने बात को और स्पष्ट करना चाहा।

– ठीक है। उन्हें देखने दो। हमारे काम जैसे तय किए हैं वैसे ही चलने चाहिए। धनंजय ने स्पष्ट कर दिया।

इसके बाद मुख्य सचिव चले गए। उनके जाने के कुछ देर बाद जया आई। वह थोड़ी हड़बड़ाहट में दिखी। धनंजय ने ध्यान से देखा उसके गोरे चेहरे पर चिंता के बादल गहरा रहे हैं। जया ने उसे देखते ही कहा –

सर, अच्छी ख़बर नहीं है। जी.पी. संक्रमित हो गए हैं।

– अरे, अभी कहाँ हैं, जी.पी? धनंजय ने आश्चर्य से पूछा।

– सर, उन्हें हॉस्पिटल ले गए हैं। उन्हें बुखार और साँस लेने में तकलीफ़ हो रही थी। जया ने बताया।

– उनके साथ कौन है? धनंजय ने पूछा।

– जी, केशव गए हैं। जया ने बताया।

धनंजय ने केशव को फ़ोन लगाया। कॉल कनेक्ट होते ही उसने पूछा – हाँ, केशव क्या स्थिति है?

– भाई, अभी आई.सी.यू. में रखा है। डॉक्टर कह रहे हैं लक्षण तो पहले से होंगे, जी.पी. ने ध्यान नहीं दिया। केशव ने बताया।

– डॉक्टरों से कहो, उचित इलाज का प्रबंध करें। तुम लौट आओ। धनंजय ने इतना कहकर फ़ोन काट दिया।

फिर उसने जया से कहा –

जया, जी.पी. को संक्रमण कैसे हो सकता है?

– सर, यह तो किसी को भी हो सकता है। जया ने कहा।

– हाँ, यह बात तो है।

– सर, डॉ. चौधरी ने कहा है कि हम सब का भी टेस्ट कराना होगा।

– ठीक है। करा लो। धनंजय ने कहा।

उसी के कुछ देर बाद मंत्रालय में सभी के स्वाब के सैंपल लिए गए। टेस्ट की रिपोर्ट अगले दिन दोपहर तक पता चलेगी। केशव भी अस्पताल से लौट आया। उस रात धनंजय, केशव और जया बहुत देर तक लॉबी से सटे टेरेस गार्डन में बैठे रहे।

# 13

दीपक जब से मेडिकल कॉलेज में पोस्ट ग्रेजुएट करने आया है दिन-रात मेहनत से अपना काम करता है। कॉलेज के बाद रेसीडेंट डॉक्टर के रूप में वार्ड में रात को उसकी ड्यूटी रहती है। उसी के साथ निशा भी पोस्ट ग्रेजुएट कर रही है। दीपक प्रदेश के छोटे कस्बे से आया है, वहीं निशा राजधानी में ही माता-पिता के साथ रहती है। दीपक मेडिकल कॉलेज के होस्टल में रहता है। दोनों में अच्छी बनती है। दीपक के आदर्श डॉ. चौधरी हैं। डॉ. चौधरी जैसा बनना उसका सपना है। निशा से उसकी जान-पहचान राजधानी में आने के बाद हुई है।

उस दिन डॉ. चौधरी ने डॉ. दीपक को बुलाया तो वह जल्दी से मेडिकल कॉलेज में उनके डिपार्टमेंट में पहुँचा। डॉ. चौधरी उसका इंतज़ार कर रहे थे। उन्होंने दीपक को देखते ही कहा -

डॉ. दीपक तुम्हारे लिए मैंने एक बड़ा काम सोचा है।

- सर, आप आदेश करें। दीपक ने विनम्रता से कहा।

- तुम डॉ. स्वरूप के बारे में जानते हो? डॉ. चौधरी ने पूछा।

- हाँ, सर नाम सुना है। दीपक ने कहा।

- दुनिया के जाने माने वायरोलॉजिस्ट है। तुम्हें उन्हें असिस्ट करना है। डॉ. चौधरी ने अपनी टेबल पर आगे की ओर झुकते हुए कहा।

- सर, यह मेरा सौभाग्य है। दीपक ने कहा।

- तुम्हारे साथ दो डॉक्टर और रहेंगे। डॉ. चौधरी ने कहा।

- एक डॉ. निशा है तथा दूसरे डॉ. अरुणेश। तुम तीनों को कल ही माल्पे जाकर डॉ. स्वरूप को रिपोर्ट करना है। डॉ. चौधरी ने बताया।

- तुम तीनों कल सुबह 8 बजे हॉस्पिटल से ही जाओगे। कल तैयारी से आ जाना।

– जी। वैसे प्रोजेक्ट क्या है सर? दीपक ने पूछा।

– तुम लोगों को प्रदेश और देश में फैले वायरस के संक्रमण के वैक्सीन को विकसित करने में डॉ. स्वरूप को असिस्ट करना है। डॉ. चौधरी ने बताया।

– थैंक्यू सर, मुझे चुनने के लिए। दीपक ने कहा। और वह निकल गया। अब उसे डॉ. निशा से मिलने की जल्दी थी।

उधर माल्पे में तीन दिन में ही उच्च स्तरीय आधुनिक उपकरणों से सुसज्जित लैब की व्यवस्था हो गई है। यह लैब डॉ. स्वरूप के घर से मुश्किल से दो-तीन किलोमीटर की दूरी पर है। डॉ. स्वरूप फिर से अपने आप को तैयार कर रहे हैं। उनका शरीर ज़रूर कमजोर और बीमार हो गया है पर मन से वो अभी भी मजबूत है। वो फिर से अपने को युवा महसुस करने लगे हैं। कल भी दिन भर वह अपने पुराने रिसर्च पेपरों को पढ़ते रहे। इनमें विश्व भर में समय-समय पर होने वाले वायरसों के संक्रमण का अध्ययन है। डॉ. स्वरूप में अपने जीवन का दो-तिहाई इन वायरसों की संरचनाओं को समझने में लगाया है। वह यह समझने की कोशिश कर रहे थे कि यह नया वायरस इन वायरसों की अगली पीढ़ी का है या किसी नए परिवार का प्रतिनिधित्व करता है। उस दिन वो किसी नतीजे पर नहीं पहुँच पाए। वे थक गए और सोने चले गए।

अगले दिन लगा जैसे प्रदेश में वायरस के संक्रमण का बम फूट गया है। प्रदेश में एक साथ तीन सौ नए मरीज़ मिल गए। प्रदेश में संक्रमित लोगों का आँकड़ा दस हज़ार के क़रीब पहुँच गया। लगभग हर समाचार पत्र में इसे लेकर चिंता व्यक्त की गई थी कि इसी गति से वायरस का संक्रमण बढ़ता रहा तो तीस दिन में मरीज़ों की संख्या इतनी हो जाएगी कि अस्पतालों में मरीज़ों के लिए स्थान ही नहीं बचेगा।

सुबह जब से धनंजय ने ये मीडिया रिपोर्ट्स पढ़ी हैं, उसे भी चिंता होने लगी है। संक्रमण की गति यही रही तो उसे नियंत्रित करना मुश्किल हो जाएगा। उधर लॉकडाउन को खोलने के लिए भी दबाव बनने लगा है क्यों कि इसके चलते प्रदेश में आर्थिक गतिविधियाँ लगभग ठप हो गई हैं। अलग-अलग क्षेत्रों से माँग उठ रही है कि काम-काज शुरू किए जाएँ। आख़िर लोग कब तक घरों में बैठे रहेंगे। उसने इस बारे में निर्णय करने के

लिए टास्क फ़ोर्स की बैठक बुलाने का फ़ैसला किया। उसने जया को बैठक की सूचना देने को कहा।

सुबह के ग्यारह बजे मंत्रालय के बड़े वाले मीटिंग हॉल में टास्क फ़ोर्स की बैठक चल रही है। बैठक में मुख्य सचिव और पुलिस महानिदेशक, डॉ. चौधरी के अलावा स्वास्थ्य मंत्री और उनके विभाग के दूसरे अधिकारी भी मौजूद हैं। धनंजय ने बैठक में कहा –

– जिस तरह से हमारे यहाँ संक्रमण के मामले बढ़ रहे हैं उससे हमारे अस्पतालों में संसाधन कम नहीं पड़ें, इसकी व्यवस्था बनाना होगी।

– सर, इस दिशा में काम शुरू हो गया है। हमने बड़े स्कूल-कॉलेजों के भवनों में अस्थायी अस्पताल बनाना शुरू कर दिया है। मुख्य सचिव ने बताया।

– सर, वेंटिलेटर्स और दूसरे उपकरणों की सप्लाई भी शुरू हो गई है। स्वास्थ्य विभाग के सचिव ने बताया।

– यह काम हम कब तक पूरा कर लेंगे? धनंजय ने पूछा।

– सर, यह प्रक्रिया अभी चलती रहेगी। जैसे-जैसे अस्पतालों की ज़रूरत बढ़ेगी हम सप्लाई बढ़ा देंगे। स्वास्थ्य विभाग के सचिव ने बताया।

– डॉक्टर, स्वरूप की क्या प्रोगेस है। धनंजय ने डॉ. चौधरी से पूछा।

– सर, वो आज से लैब में काम शुरू करेंगे। उन्हें आवश्यक संसाधन और तीन असिस्टेंट उपलब्ध करा दिए हैं। डॉ. चौधरी ने बताया।

– ठीक है और पुलिस विभाग क्या कर रहा है। धनंजय ने पूछा।

– सर, हम लोगों से बचाव के उपायों का पालन करा रहे हैं। पुलिस महानिदेशक सुधा बता रही थी। इसी समय जया ने हॉल में प्रवेश किया। वही सीधे धनंजय के समीप गई और उसके कान में धीरे से कुछ कहा। जिसे सुनकर धनंजय गंभीर हो गया। फिर उसने कहा –

अभी बैठक स्थगित करते हैं। डॉ. चौधरी आप आइए। इतना कह कर वह अपने चेम्बर की ओर बढ़ गया। उसके पीछे डॉ. चौधरी भी चले गए। डॉ. चौधरी को देखते ही धनंजय ने कहा –

डॉक्टर, जी.पी. कोमा में चले गए हैं।

– सर, कभी-कभी इसमें ऐसा हो जाता है। डॉ. चौधरी ने बताया।

– अब क्या हो सकता है? धनंजय ने पूछा।

– सर, अभी वेंटिलेटर पर रखा है। पर ऐसी स्थिति में संभावनाएँ कम हो जाती हैं। डॉ. चौधरी ने स्पष्ट किया।

– डॉक्टर, हरसंभव कोशिश होनी चाहिए।

– सर, हर डॉक्टर पूरी कोशिश करता है। डॉक्टर चौधरी ने कहा।

– सर, पर जी.पी. तो मंत्रालय और घर के अलावा कहीं जाते नहीं थे। जया ने कहा।

– इसमें कोई फ़र्क़ नहीं पड़ता वायरस का संक्रमण कभी भी किसी भी हो सकता है। डॉ. चौधरी ने कहा।

– तो क्या हम कहीं भी सुरक्षित नहीं हैं? जया ने कहा।

– जब तक बच सकते हैं, सावधानी से बचना चाहिए। डॉक्टर चौधरी ने कहा।

– ठीक है, डॉक्टर आप हॉस्पिटल में जी.पी. की स्थिति पर नज़र बनाए रखें। धनंजय ने बात को समाप्त किया। फिर उसने जया से पूछा –

– जया आज केशव नहीं दिख रहा?

– सर, आज वह बाहर है, कोई राजनीतिक व्यस्तता बता रहे थे। जया ने बताया।

– ठीक है। धनंजय ने कहा इसके बाद जया चली गई। धनंजय ने पी.ए. को मुख्य सचिव रेड्डी से बात कराने को कहा। रेड्डी के लाइन पर आने पर उसने कहा –

अब जी.पी. की जगह कोई दूसरा सचिव तलाश करिए। जी.पी. को अब ठीक होने में समय लगेगा।

– जी, सर, मैं आपको कुछ देर में कुछ नाम बताता हूँ। रेड्डी ने कहा।

इसके बाद धनंजय ने रोज़ की तरह विधायकों से बात कर उनके-उनके क्षेत्र में संक्रमण की स्थिति की जानकारी लेने लगा। इस सब में कब दोपहर हो गई, पता ही नहीं चला। धनंजय इसके बाद अपने एंटी चेम्बर में चला गया। दरबान ने उसका लंच लगा दिया है। खाना खाने के बाद वह थोड़ी देर आराम करने लगा। क़रीब आधे घंटे बाद वह अपने चेम्बर में गया तो देखा मुख्य सचिव रेड्डी उसका इंतज़ार कर रहे थे। मुख्य सचिव ने धनंजय को देखते ही उसका अभिवादन किया। इसके बाद उन्होंने उसे एक फ़ाइल दी। उन्होंने कहा –

– सर, तीन अधिकारी चुने हैं आपके सचिव के लिए। इनमें से जो आपको ठीक लगे। धनंजय ने फ़ाइल एक ओर रखते हुए कहा।

– फ़ाइल छोड़ जाइए। मैं देख लूँगा। अभी कुछ देर पहली मेरी विधायकों से बात हुई है। संक्रमण तेज़ी से फैल रहा है। आप एक इमरजेंसी प्लान तैयार कराएँ।

– जी, सर।

– संभावित स्थिति का आकलन करें, हम क्या कर सकते हैं। इसकी तैयारी करें। हमें लोगों को भी इसके लिए तैयार करना होगा।

– सर, मैं आपदा प्रबंधन के अतिरिक्त पुलिस महानिदेशक को भी बुला लेता हूँ।

– ठीक है। धनंजय ने कहा। इसके बाद मुख्य सचिव चले गए।

⚜

इसके बाद उसने पी.ए. से कहा कि डॉ. चौधरी को बुलाएँ। कुछ देर बाद डॉ. चौधरी उसके कक्ष आए। डॉ. चौधरी के बैठने के बाद धनंजय ने कहा –

डॉक्टर, स्थिति बिगड़ती जा रही है।

– सर, यह तो संभावित ही था। डॉ. चौधरी ने कहा।

– डॉ. स्वरूप की ओर से क्या ख़बर है? धनंजय ने पूछा।

– सर, काम शुरू हो गया है। डॉ. स्वरूप का अनुभव काम आएगा। उन्होंने अपने संपर्क से वैक्सीन के विकास के लिए दुनिया में अब तक हुई प्रोग्रेस की जानकारी ले ली है।

– अच्छा।

– उन्होंने इस तरह शुरुआती शोध कार्य में लगने वाले छह महीने बचा लिए हैं। डॉ. चौधरी ने बताया।

– फिर हम कितने समय में वैक्सीन तैयार होने की उम्मीद करें? धनंजय ने पूछा।

– कम से कम तीन माह। डॉ. चौधरी ने बताया।

– तब तक के लिए हमें लोगों को बचाने के लिए किसी योजना पर सोचना होगा। धनंजय ने कहा।

– सर, तब तक हम लोगों के टेस्ट करते रहेंगे। संक्रमण मिलते ही उनका इलाज कराएँगे। लोगों को जागरूक करना होगा कि संक्रमण के लक्षण दिखते ही टेस्ट कराएँ।

– पर इससे संक्रमित मरीज़ों की संख्या बढ़ती जाएगी और इसका प्रचार भी। धनंजय ने कहा।

डॉ. चौधरी चुप रहे।

– ठीक है। आप अपनी योजना पर चलते रहें। मैं इस बारे में और कुछ करता हूँ। धनंजय ने कहा। इसके कुछ देर बाद डॉ. चौधरी चले गए।

धनंजय ने मुख्य सचिव रेड्डी द्वारा छोड़ी गई फ़ाइल को देखा। उनके द्वारा सुझाए गए तीनों नामों में से एक विकास के नाम पर सहमति लिखते हुए उसने फ़ाइल लौटा दी। पर यह भी जोड़ दिया की विकास अभी जया के अधीन काम करेगा।

शाम होते-होते केशव लौट आया। केशव ने धनंजय के कक्ष में आते ही कहा – भाई, काफ़ी जगह होकर आया हूँ। सब जगह एक ही स्थिति है। संक्रमण तेज़ी से फैल रहा है।

– पर अब हमारे हाथ में कुछ नहीं है। धनंजय ने कहा।

– अब हमें लोगों को समझाना होगा कि इससे बचें।

– हम लगातार मीडिया में बता तो रहे हैं। धनंजय ने कहा।

– पर उसका असर हो नहीं रहा लोगों पर। केशव ने कहा।

– जया को कहते हैं कुछ नया सोचें। धनंजय ने कुछ सोच कर कहा।

– ठीक है। भाई, मैं नहा कर आता हूँ।

– हाँ, आ जाओ फिर डिनर साथ में लेते हैं। धनंजय ने कहा, फिर केशव चला गया।

# 14

उधर माल्पे की लैब में सुबह से लगातार माइक्रोस्कोप पर झुका डॉ. दीपक अब थक गया है। उसने नज़र उठाकर देखा कमोबेश यही स्थिति डॉ. निशा और डॉ. अरुणेश की भी है। इन लोगों को डॉ. स्वरूप की मदद के लिए चुना गया है। पर डॉ. स्वरूप, जो उन तीनों को सुबह से मार्गदर्शन दे रहे हैं वो अपनी व्हील चेयर पर तीनों के पास लगातार आ जा रहे हैं। उन्हें देखकर लग नहीं रहा कि वो थके हैं।

आज पहले दिन वो तीनों वायरस के जीनोम को समझने की कोशिशों में लगे हैं। अभी तक तो वो सही-सही उसको नहीं पकड़ पाए हैं। डॉ. दीपक ने माइक्रोस्कोप से सिर उठाकर देखा डॉ. स्वरूप उसे ही देख रहे हैं। फिर डॉ. स्वरूप ने कहा –

– बच्चों! बस आज के लिए हो गया। कल फिर जल्दी शुरू करेंगे।

– सर, कल कितने बजे से? डॉ. निशा ने पूछा।

– सुबह 8 बजे ठीक रहेगा। डॉ. स्वरूप ने इस तरह कहा जैसे आठ बजे कह कर वो उन्हें बड़ी छूट दे रहे हो।

– यस सर। तीनों ने एक साथ कहा, फिर वो अपना सामान व्यवस्थित करने लगे। डॉ. स्वरूप लैब से बाहर निकल गए।

– यह कभी थकते नहीं क्या? अरुणेश ने उनके जाने के बाद कहा।

– तुम मोबाइल पर गेम खेलते हुए थकते हो क्या कभी? निशा ने पूछा।

– नहीं, यह क्यों पूछ रही हो? अरुणेश ने कहा।

– समझो बेटे, ये जीनियस डिकोडिंग, वायरस, वैक्सीन सब डॉ. स्वरूप के लिए गेम है। दीपक ने कहा।

– ओ.के., समझ गया। अरुणेश ने डॉ. स्वरूप की नक़ल करते हुए कहा।

वो तीनों फिर लैब से निकल गए। लैब से कुछ दूरी पर स्थित रेस्ट हाउस में उन तीनों के रुकने की व्यवस्था की गई है। रेस्ट हाउस पहुँचकर तीनों अपने-अपने कमरे में चले गए।

इस समय डॉ. स्वरूप अपने बेडरूम में बैठे खिड़की से बाहर देख रहे हैं। उन्हें अपने पुराने दिन याद आ रहे हैं। वो घंटों लैब में काम करते रहते थे। उन दिनों वो थकते नहीं थे। उन्हें छोटे-छोटे वायरस की रचनाओं के रहस्यों को सुलझाना अच्छा लगता था। आज वो इन तीनों युवाओं में अपना अतीत देख रहे हैं। दुनिया के लिए जो असंभव होता उनके लिए चुटकियों का खेल लगता था। उन दिनों दुनिया में उनका डंका बज रहा था। यही वह समय था जब मेरी उनका साथ छोड़ गई। फिर उनका मन अमेरिका में नहीं लगा। वह अपने देश लौट आए। कुछ दिन यहाँ रहने के बाद वो माल्पे के प्राकृतिक सौंदर्य के बीच अपनी रिटायर्ड जीवन को बिता रहे थे। इस बीच, वायरस के संक्रमण के चलते उन्हें फिर सक्रिय होना पड़ा। उनका बेटा और बहू दोनों इस पक्ष में नहीं थे कि वो फिर से लैब और प्रयोगों का तनाव झेलें। उनकी ज़्यादा उम्र को देखते हुए उनकी चिंता जायज थी। पर डॉ. चौधरी और धनंजय का आग्रह वो टाल नहीं सके। पर आज पहले दिन गुज़रने के बाद उन्हें लग रहा इस नए वायरस की संरचना ज़्यादा जटिल है इसको समझना में ज़्यादा वक़्त और मेहनत लग सकती है।

अगले दिन सुबह जब दीपक और निशा लैब पहुँचे तो देखा डॉ. स्वरूप उनका इंतज़ार कर रहे हैं। लगता है यह सोते भी नहीं। अरुणेश को देर हो गई थी। डॉ. स्वरूप ने जैसे ही उन्हें देखा कहा –

आओ, पहले कॉफ़ी पी लो फिर काम में लग जाओ। इतना कहकर उन्होंने अपनी व्हील चेयर पर लटका थर्मस उनकी ओर बढ़ा दिया। वो घर से कॉफ़ी बनवाकर लाए हैं। वो जानते हैं अब इस कॉफ़ी के दम पर वो उन्हें लंच के समय तक काम कराते रहेंगे। कप में निशा ने कॉफ़ी भरकर दीपक को दी। उसी समय अरुणेश भी आ गया। अरुणेश को देखते ही डॉ. स्वरूप ने कहा –

देर से आए हो अरुणेश, आज देर से जाओगे।

– यस सर। अरुणेश ने कहा। मन ही मन वह सोच रहा था, यह बुढ़ऊ वैज्ञानिक है या हेड मास्टर।

ख़ैर कॉफ़ी पीने के बाद वो तीनों अपनी-अपनी डेस्क पर जाकर माइक्रोस्कोप से जूझने लगे। यह वायरस नया था। दुनिया में कई देश इसे समझने की कोशिश कर रहे हैं। फिर मनुष्य के शरीर में इस वायरस के कारण होने वाले परिवर्तनों को समझना होगा। अब तक जो देखा गया है कि यह वायरस मनुष्य के श्वसन तंत्र को प्रभावित करता है, जिससे मनुष्य के शरीर में ऑक्सीजन की कमी हो जाती है, जिससे शरीर के बाक़ी दूसरे अंगों को नुक़सान होता है। यदि वायरस से लड़ने के लिए मनुष्य के शरीर में एंटीबॉडी विकसित हो जाएँ तो फिर यह वायरस ख़तरनाक नहीं रह जाएगा। पर एंटीबॉडी बनाने के लिए पहले इस वायरस की संरचना और गुणों के रहस्य को सुलझाना होगा जो कि एक पहेली की तरह हैं। अभी तो वे तीनों डॉ. स्वरूप के निर्देशों के अनुरूप प्रयोग करते जा रहे हैं और उनका डॉक्युमेन्टेशन करने जा रहे हैं। लंच टाइम तक उन तीनों को बिलकुल फ़ुर्सत नहीं मिली। लंच के बाद डॉ. स्वरूप ने उन तीनों को अपने पास बुलाकर कहा –

इस वायरस की संरचना को पूरी तरह डिकोड करने के बाद इसमें जो प्रोटीन मानव शरीर के लिए घातक है उसे अलग करना है। उसके बाद जो वायरस का स्वरूप होगा वह हमें देखना होगा।

– यस सर। अरुणेश ने जिज्ञासावश कहा।

– इस तरह वैक्सीन बनेगा वह जब किसी के शरीर में जाएगा तो नुक़सान नहीं कर पाएगा और शरीर में वायरस से लड़ने के लिए एंटीबाडीज का सुरक्षा तंत्र विकसित हो जाएगा। फिर इस वायरस का संक्रमण प्रभावित नहीं कर पाएगा। डॉ. स्वरूप ने समझाया।

– यह तो उसी तरह हुआ ना सर जैसे साँप के ज़हर के दाँत निकाल देते हैं। दीपक ने कहा।

– हाँ, उसी तरह। डॉ. स्वरूप ने कहा।

–अब तुम काम में लग जाओ। उन्होंने कहा और वो तीनों अपने-अपने प्रयोग में जुट गए। डॉ. स्वरूप ने उन्हें संतुष्टिपूर्वक देखा और अपनी फ़्लास्क से पानी निकालकर पीने लगे। फिर अपने सेलफ़ोन से डॉ. चौधरी को फ़ोन लगाकर जल्दी ही लगने वाली ज़रूरतों के बारे में बताने लगे। इसी तरह कई दिन बीत गए। उन तीनों का जीवन लैब और रेस्ट हाउस तक सीमित होकर रह गया।

# 15

उधर मंत्रालय में आज सुरक्षा व्यवस्था बढ़ा दी गई है। मंत्रालय के वित्त विभाग में काम करने वाले दो प्रोगामर आज ही संक्रमण से प्रभावित पाए गए हैं। धनंजय अपने कक्ष में मुख्य सचिव और पुलिस महानिदेशक के साथ चर्चा कर रहा है। मुख्य सचिव रेड्डी ने कहा -

सर, सभी जिलों में संक्रमण के मरीज़ बढ़ रहे हैं। जितने मरीज़ स्वस्थ होते हैं लगभग उतने ही नए मरीज़ मिल जाते हैं।

- सर, हमारे पुलिस बल में भी संक्रमण फैल रहा है। पुलिस महानिदेशक सुधा ने बताया।

- हाँ, मेरे पास ख़बर है। ड्यूटी कर रहे अमले को बचाव के लिए जागरूक करो। धनंजय ने कहा इसी बीच जया कक्ष में आई, उसने कहा -

सर, राष्ट्रीय समाचार चैनल से कुछ लोग आपसे मिलना चाहते हैं।

- अभी कुछ दिन पहले तो उनसे बात हुई थी। धनंजय ने कहा।

- नहीं सर, चैनल पर इन्टरव्यू नहीं चाहते। विज्ञापन के रूप में आर्थिक मदद की उन्हें ज़रूरत है। जया ने बताया।

- ठीक है, बात करा देना। पर पहले इन्हें पूर्व में दी गई राशि की जानकारी ले लेना। धनंजय ने निर्देश दिया।

- जी सर। जया ने कहा और फिर वह चली गई।

- जया ने अच्छे से काम सँभाल लिया है, सर। पुलिस महानिदेशक सुधा ने कहा।

- हाँ। धनंजय ने केवल इतना कहा। कुछ देर बाद पुलिस महानिदेशक और मुख्य सचिव भी चले गए। इसके बाद धनंजय ने केशव को बुलाया। केशव के आने पर उसने कहा -

केशव हमारे विधायकों से संपर्क बराबर हो रहा है?

- हाँ, भाई। लगभग सभी से बात हो रही है। केशव ने कहा।

- कोई विशेष समस्या तो नहीं है?

- भाई, पिछले कई दिनों से इस वायरस के कारण सारे काम बंद पड़े हैं। बहुत से विधायक अब अपने-अपने क्षेत्र से अधिकारियों के तबादले की सिफ़ारिशें कर रहे हैं। केशव ने बताया।

- सारी सिफ़ारिशों को एक्जाई कर सूची बना लो। फिर एक बार बैठकर देख लेते हैं, कितना कर सकते है।

- ठीक है। भाई, मैं कल तक यह काम कर लेता हूँ।

- वैसे इस समय ज़्यादा तबादले करना ठीक नहीं रहेगा। धनंजय ने अपना मत व्यक्त किया। इसक कुछ देर बाद धनंजय चला गया।

दिन भर इसी तरह के सामान्य कामों में निकल गया। कुछ विधायक मिलने आए थे। संक्रमण के इस कठिन समय में भी तबादले और कामों की सिफ़ारिशें लेकर आए थे। हर विधायक अपने क्षेत्र में अपनी मर्ज़ी से अधिकारियों को नियुक्त कराना चाहता है। धनंजय दिन भर इसी तरह के कामों में उलझा रहा। और पता ही नहीं चला कब शाम हो गई। इसी समय डॉ. चौधरी आए। डॉ. चौधरी को देखकर उसका मूड बदला। उसने डॉ. चौधरी को बैठने को कहा फिर जमादार को दो कॉफ़ी लाने को कहा। फिर उसने डॉ. चौधरी से कहा -

क्या ख़बर है डॉ. चौधरी?

- सर, ख़बर बहुत अच्छी है। डॉ. चौधरी ने ख़ुश होते हुए कहा। डॉ. स्वरूप का फ़ोन आया था। वो वैक्सीन की फ़र्स्ट स्टेज पर पहुँच गए हैं। अब इसका ट्रायल होना है। पहले चूहों पर फिर मानवों पर परीक्षण होगा।

- इसमें कितना समय लगेगा? धनंजय ने पूछा।

- सर, इसमें कम से कम छह माह का समय लगता है।

- इतना समय तो हमारे पास है नहीं। धनंजय ने तीव्रता से कहा।

- सर, इसी संबंध में मेरी डॉ. स्वरूप से बात हुई है। वह एक बार आप से रूबरू बात करना चाहते हैं। डॉ. चौधरी ने कहा।

- ठीक है, कब चलना है। धनंजय ने पूछा।

- जब आपके पास समय हो। डॉ. चौधरी ने कहा।

- अभी चलें। धनंजय ने कहा।

– हाँ, सर। डॉ. चौधरी ने कहा।

– बस, कॉफ़ी पी कर चलते है। धनंजय ने कहा।

कुछ देर बाद मुख्यमंत्री के वाहनों का काफ़िला मंत्रालय से निकलकर माल्पे की ओर बढ़ रहा है। धनंजय अपनी गाड़ी से बाहर देख रहा है। राजधानी की सड़कें जो रात को हमेशा चहल-पहल से भरी रहती हैं, इस वक़्त सुनसान पड़ी हैं। लोग अपने घरों में बंद हैं। सुनसान सड़कों पर से काफ़िला तेज़ी से गुज़र रहा है। अगले बीस से पच्चीस मिनट में वाहनों काफ़िला माल्पे पहुँच गया। माल्पे की सीमा पर ही उनकी अगवानी के लिए कलेक्टर और एस.पी. खड़े थे। दो मिनट रुकने के बाद वाहनों का काफ़िला डॉ. स्वरूप की लैब की ओर बढ़ चला। जिस पुराने भवन में लैब बनाई गई है, उसके मुख्य द्वार से प्रवेश होने के बाद मुख्यमंत्री का वाहन लैब के पास रुक गया। धनंजय के वाहन से उतरने से पहले सुरक्षाकर्मी वाहनों से उतर चुके थे। वाहन से उतर धनंजय और डॉ. चौधरी लैब के अंदर गए। लैब में इस समय सन्नाटा था। थोड़ा आगे बढ़ने पर डॉ. चौधरी को दीपक आता दिखा। वह डॉ. चौधरी को देखकर रुक गया। डॉ. चौधरी ने उसे देखकर कहा – डॉ. दीपक, डॉ. स्वरूप कहाँ हैं? उनका प्रश्न सुनकर दीपक चौंक गया। वह थोड़ा डिस्टर्ब लग रहा था।

– सर, डॉ. स्वरूप नो मोर। उसने रुक-रुक कर कहा। यह सुनकर डॉ. चौधरी थम से गए। उनके साथ चल रहा धनंजय भी अचंभित रह गया।

– अरे, यह कब हुआ। अभी शाम को तो मेरी उनसे बात हुई थी। डॉ. चौधरी ने कहा।

– सर अभी एक घंटे पहले यही लैब में थे। वह आज खुश थे। हम तीनों की तारीफ़ कर रहे थे। अचानक कार्डियक अटैक हुआ। हॉस्पिटल भी नहीं ले जा पाए। दीपक ने बताया।

– यह बहुत ही दुखद है। धनंजय ने कहा। फिर उसने पूछा –

– अभी कहाँ?

– उनके बेटे उनकी देह को घर लेकर गए हैं। दीपक ने बताया।

– हमें वहाँ जाना चाहिए सर। डॉ. चौधरी ने कहा।

– चलिए। धनंजय ने कहा। दीपक भी उनके साथ हो गया।

वाहनों का काफ़िला लैब से डॉ. स्वरूप के घर की ओर बढ़ गया। गाड़ी में अपने साथ बैठे दीपक से डॉ. चौधरी ने पूछा – डॉ. स्वरूप ने तुम्हें कुछ बताया आगे की क्या योजना थी?

– सर, वैक्सीन तो लगभग तैयार हो गया था। अब तो उसके ट्रायल्स होने थे। दीपक ने बताया।

– ट्रायल्स के लिए कुछ प्लान किया था?

– सर, वह तो डॉ. स्वरूप ने बताया नहीं।

– कोई बात नहीं, अब कर लेंगे। डॉ. चौधरी ने उसे आश्वस्त किया।

– सर।

– तुम निशा और अरुणेश के साथ मिलकर आगे की योजना बना लो। फिर मुझ बताना। डॉ. चौधरी ने कहा।

– जी सर, मैं बताता हूँ।

कुछ ही देर में वाहनों का काफ़िला डॉ. स्वरूप के घर पहुँच गया। घर के बाहर स्थानीय लोगों की भीड़ लगी थी। जिसे पुलिस बार-बार दूर कर उन्हें एक-दूसरे से दूरी बनाकर खड़े रहने को कह रही थी। डॉ. स्वरूप को माल्पे में लगभग सभी जानते थे। हर कोई उनसे किसी न किसी तरह जुड़ा था। सेवानिवृत्ति के बाद वो जब से माल्पे में रहने आए थे सबकी मदद करने के लिए तैयार रहते थे। उन्होंने यहाँ आने के बाद अपनी पत्नी की स्मृति में एक लायब्रेरी बनवाई है, जिसका लाभ माल्पे के युवा बच्चों को मिल रहा है। गाड़ी से उतरकर धनंजय सीधे घर की ओर बढ़ा। डॉ. चौधरी भी उसके पीछे-पीछे बढ़े। आगे जाकर उन्होंने देखा घर के हॉल में डॉ. स्वरूप का पार्थिव शरीर रखा है। उसने डॉ. चौधरी की ओर देखा, डॉ. चौधरी ने उसकी ओर फूलों का एक बुके बढ़ाया जिसे उसने थाम लिया। धनंजय ने आगे बढ़कर डॉ. स्वरूप की पार्थिव देह के पैरों के पास बुके रखकर हाथ जोड़े। फिर वह धीरे से पीछे हटा। उसने देखा डॉ. स्वरूप के चेहरे पर अपूर्व शांति है। ऐसा लग रहा था जैसे वह सारे अधूरे काम करके चैन की नींद सो रहे हैं। वह हॉल से बाहर निकल आया। उसके पीछे-पीछे डॉ. चौधरी भी निकल आए। थोड़ा आगे जाकर वह अपनी गाड़ी के पास रुक गया। फिर उसने डॉ. चौधरी से पूछा –

डॉक्टर, अब वैक्सीन का क्या होगा।

- सर, वैक्सीन अब लगभग तैयार हो गया है। यही बात आज हमें डॉ. स्वरूप बताने वाले थे। डॉ. चौधरी ने बताया।

- यह तो अच्छी ख़बर है। धनंजय ने कहा।

- पर अभी इसका ट्रायल होगा, सर। पहले जानवरों पर फिर इंसान पर। इसमें तीन माह का समय लगेगा, सर। डॉ. चौधरी ने कहा।

- आप इसको अपनी देखरेख में कराएँ तो बेहतर होगा।

- जी सर। मैं अभी रुक कर सारी व्यवस्थाएँ कराता हूँ।

- ठीक है। इतना कहकर धनंजय गाड़ी में बैठ गया। मुख्यमंत्री के वाहनों का काफ़िला एक बार फिर राजधानी की ओर चल पड़ा। पीछे रह गए डॉ. चौधरी ने अपने साथ डॉ. दीपक को लिए और लैब की ओर चल पड़े। उन्होंने दीपक को अरुणेश और निशा को भी लैब में बुलाने को कहा। फिर उन्होंने दीपक से पूछा -

तुम तीनों मिलकर ट्रायल की प्रोसेस प्लान करो।

- सर।

- डू यू नीड एनी सीनियर प्रोफ़ेसर टु सुपरवाइज?

- सर, और किसी की बजाय आप रहते हो बेहतर होता। दीपक ने अपने मन की बात कही।

- ओ.के. आई विल। डॉ. चौधरी ने कहा।

इसी बीच गाड़ी लैब पहुँच गई, जहाँ वो दोनों गाड़ी से उतरे। कुछ ही सेकेंड का अंतर रहा और अरुणेश और निशा भी पहुँच गए। लैब में तीनों इस वक़्त डॉ. चौधरी के सामने खड़े थे। डॉ. चौधरी ने कहा -

- आप तीनों को अब डॉ. स्वरूप के अधूरे काम को पूरा करना है।

- जी, सर। तीनों ने एक स्वर में कहा।

- कुछ भी दिक़्क़त हो तो मुझे तुरंत बताओ।

- सर।

- काम चलते रहना चाहिए।

- जी सर।

इसके बाद डॉ. चौधरी मुड़कर वापस चले गए। अब लैब में वो तीनों अकेले रह गए और रह गया एक गहरा सन्नाटा।

उधर मुख्यमंत्री का काफ़िला राजधानी की ओर बढ़ रहा है। अचानक बारिश होने लगी। बूंदाबाँदी से शुरू हुई बारिश अचानक तेज़ हो गई और मूसलाधार बारिश होने लगी। तेज़ बारिश के कारण दृश्यता कम हो गई और गाड़ियों की रफ़्तार कम हो गई। इसी वक़्त धनंजय के सेलफ़ोन पर कॉल आने लगा। धनंजय ने उसे नहीं उठाया, फिर दोबारा कॉल आने पर, अनमने से हो रहे धनंजय ने सेलफ़ोन उठाया, उधर से सुरेश है –

भैया, सुरेश।

– हाँ सुरेश। उसने कहा।

– भैया, अम्माँ जी को बात करना है। इतना कहकर उसने फ़ोन अम्माँ जी को दे दिया। उधर अम्माँ की विचलित आवाज़ आई।

– धनंजय... उसे चिंता हो गई अम्माँ की तबियत को लेकर, उसने पूछा।

– क्या हुआ अम्माँ?

– हम ठीक हैं बेटा पर पता चला है तुम्हें मुख्यमंत्री के पद से हटाने का षड्यंत्र हो रहा है। तुम कहाँ हो? अम्माँ ने कहा।

– अम्माँ हम माल्पे आए थे। अब लौट रहे हैं। कौन षड्यंत्र कर रहा है। अम्माँ? धनंजय ने पूछा।

– बेटा पार्टी में विरोधी समूह के कुछ नेता हैं, विधायकों से तुम्हें हटाने के पत्र पर हस्ताक्षर करा रहे हैं। हम तो यहाँ स्वास्थ्य की वजह से महल में फँसे हैं। दिगंबर जी भी नहीं है क्या करें? अम्माँ ने बताया।

– अम्माँ, आप चिंता मत करो, हम देख लेंगे। धनंजय ने अम्माँ को आश्वस्त करना चाहा।

– नहीं बेटा, पता चला है इस मुहिम को हाईकमान का समर्थन है। अम्माँ ने बताया।

– अम्माँ, आप आराम करो, हम निपटते हैं इसे समस्या से। धनंजय ने कहा और फ़ोन काट दिया।

– उधर अम्माँ का फ़ोन काटा कि फ़ोन फिर से बजने लगा। उसने देखा केशव का फ़ोन है।

– भाई, आप कहाँ हो यहाँ लगता भारी गड़बड़ चल रही है। केशव ने घबराई सी आवाज़ में कहा।

- क्या हुआ?

- भाई, अपने दल के बहुत से विधायक हाईकमान के निर्देश पर विरोध में हो गए हैं। एक पत्र पर हमारे विधायकों से हस्ताक्षर कर तैयार किया गया है। अब वे राजभवन जा रहे हैं, राज्यपाल से मिलने।

- ओह। कितने विधायक होंगे, उनके साथ। धनंजय ने ठहरी आवाज़ में पूछा।

- अधिकतर, क्योंकि हाईकमान का आदेश है। केशव ने बताया।

- कारण क्या बता रहे हैं? उसने पूछा।

- कह रहे है इस संकटकाल में सही नेतृत्व नहीं मिलने से संकट बढ़ता जा रहा है। केशव ने खुलासा किया।

- और इनका नेतृत्व कौन कर रहा है? धनंजय ने पूछा।

- मीनाक्षी कर रही हैं। केशव ने बताया।

- मीनाक्षी। तो अब हाईकमान ने मीनाक्षी को मोहरा बनाया है।

- हाँ, भाई। मीनाक्षी उनका साथ देगी, यह सोचा नहीं था।

- अक्सर हम जो नहीं सोचते वही होता है। धनंजय ने कहा।

- अब क्या करना है? केशव ने कुछ देर की चुप्पी के बाद पूछा।

- तुम इस समय कहाँ हो? धनंजय ने पूछा।

- अभी तो यही मंत्रालय में हूँ। केशव ने बताया।

- अच्छा, ऐसा करो मेरे टेबल की बाईं ड्राअर में कुछ पेपर्स और गौतम बुद्ध की छोटी मूर्ति है। वह निकाल लो। धनंजय ने कहा।

- ठीक है भाई।

- फिर महल आ जाओ, मैं वहीं पहुँच रहा हूँ। अम्माँ हमारा इंतज़ार कर रही हैं। धनंजय ने कहा। फिर उसने फ़ोन काट दिया।

यही वही वक़्त है जब वाहनों के काफ़िले ने राजधानी में प्रवेश किया। धनंजय ने गाड़ी में बैठे सुरक्षाकर्मी से महल चलने के लिए कहा। सुरक्षाकर्मी ने वायरलैस से आगे चल रही पायलट वाहन में बैठे निरीक्षक को महल चलने के मुख्यमंत्री के आदेश बताए। पायलट ने आदेशानुसार गाड़ी की दिशा बदली और वाहनों के काफ़िले की दिशा बदल गई। अब वह तेज़ी से महल की ओर बढ़ रहा था।

www.ingramcontent.com/pod-product-compliance
Lightning Source LLC
Chambersburg PA
CBHW030255070526
44654CB00045B/1038

* 9 7 8 9 3 9 0 0 8 5 5 7 6 *